Ulrich Jäckle

Paradies auf Zeit

Von einem, der auszog, sein Glück zu finden

www.tredition.de

© 2019 Ulrich Jäckle

Verlag & Druck:
tredition GmbH, Halenreie 40-44, 22359 Hamburg

ISBN
Paperback: 978-3-7482-2543-0
Hardcover: 978-3-7482-2544-7
e-Book: 978-3-7482-2545-4

„Paradies auf Zeit"

Von einem, der auszog, sein Glück zu finden

Zusammenfassung - Vorwort

Es handelt sich bei der wahren Geschichte um einen Lebensabschnitt – ein Stück Leben – eines Architekten, der – nachdem er schon recht früh seine „Meisterstücke" in D erstellt hat, nach Frankreich auswandert.

Er erfüllt sich seinen alten Jugendtraum und kauft zwei kleine Bauernhäuser mit entsprechenden Dependancen, die er – jahrzehntelang unbewohnt und zerstört, verfallen und nicht bewohnbar – wieder zu neuem Leben erweckt.

Dabei begleitet ihn seine Freundin, die dann nach dem Kauf zu seiner Frau wird.

Die ersten Jahre werden im Wohnwagen verbracht, viele Abende und Nächte am Lagerfeuer mit den Kühen zusammen, die auf der nicht abgetrennten Wiese nebenan weiden.

Solardusche und selbstgezimmertes Plumpsklo sind neben einem Wasserschlauch am Anfang die einzigen Versorgungseinrichtungen.

Bis zumindest eines der Häuser bewohnbar ist, unterhält man noch ein kleines Büro in D, entschließt sich dann - da das Leben in D unerträglich geworden ist, die Zelte in D ganz abzubrechen.

Mit gerade mal 27 Jahren als Fremder in einer ihm bis dato völlig unbekannten kleinen Stadt mit einem historischen Stadtkern das erste unbewohnbare Haus gekauft, waren die Probleme mit den spießigen Bürgern vorprogrammiert. Direkt an einer Bundesstraße in Stadtmitte war es mehr als gewagt, sich mitten in eine gewachsene und nach äußerst strengen Regeln funktionierende eingeschworene Dorfgemeinschaft zu platzieren.

Als durch Mut, Risikobereitschaft, Unabhängigkeitsdrang in Monopoli-Art nach wenigen Jahren des intensiven Schaffens ihm fast eine ganze Straße gehört hat, wurde der Stand als Bürger und als Selbständiger wegen nachbarlicher Anfeindungen immer unsicherer. Der Neid war so groß, dass er sogar um Leib und Leben fürchten musste. So einer hatte in ihren kleinbürgerlichen Reihen keinen Platz.

Der Hass und die Missgunst von Nachbarn, Gemeinderäten, Handwerkern und weiteren Mitgliedern dieser eingeschworenen Clique, wurden so groß, dass man um sein Leben bangen musste.

Öffentliche Drohungen wie "ich reiß Dir den Kopf runter" waren nur ein Beispiel der immer massiver werdenden Anfeindungen und Drohungen.

Die „einfachen" Bürger konnten es nicht ertragen, dass innerhalb weniger Jahre so ein junger Spund es aus eigenen Kräften hinbekommen hat, alle anderen in den Schatten zu stellen. Das vertrugen die armselige Psyche und der Level dieser Mitbewohner einfach nicht.

Die Flucht aus diesem feindlichen Kessel wurde gemeinsam mit seiner Partnerin als Ziel beschlossen.

Es werden alle bis dahin entstandenen Häuser, die mit einem überdurchschnittlichen Aufwand zum großen Teil in Eigenleistung saniert und ausgebaut worden sind, für wenig Geld verkauft.

Es braucht Jahre, um die Liebhaberobjekte aus dem Denkmalschutz an den Mann zu bringen. Nach zähen Verhandlungen mit groben Betrügereien kann dann endlich der Absprung vollzogen werden, Geld bleibt nicht viel übrig – aber es reicht.

Der Versuch, sich in der Gesellschaft zu integrieren, war zwar nicht missglückt, sondern eigentlich sehr erfolgreich, aber man sah damals in diesem Ort keine Perspektive mehr.

Man meldet sich in D ganz ab und ist nun mit einer „Residence principal" französischer Staatsbürger mit zunächst einer „carte sejour", einer Art Daueraufenthaltsgenehmigung für EU-Bürger.

Durch eine gewisse Anfangsgeschicklichkeit bei Börsengeschäften– sicher gepaart mit viel Glück und dem internetboom in dieser Zeit – konnte „so nebenher" ein ganz ordentliches Geldvermögen aufgebaut werden.

Dieser Höhenflug hielt aber nicht lange an und die erklommenen Gewinne wurden sehr schnell zu großen Verlusten. Nur ein Stückchen „Restvernunft", die nach aller Gier und allem Unverstand noch übrig blieb, hielt dann vom Totalverlust ab.

Das eigentliche Leben aber spielte sich in dem 24-Einwohnerdorf ab und das mit Bauen und Wiederherstellen der Ruinen gefüllt war. Immer wieder gab es befreundete Helfer, die dann manchmal noch ihre Bekannten und Verwandten mit brachten und so war eigentlich immer was los.

Freunde von früher kamen aber nur einmal, wenn überhaupt! Die Dorfbevölkerung selbst sah unsere Instandsetzungsmaßnahmen eher kritisch, weil alle davon ausgingen, dass wir den alten „Mist" abreißen würden, um etwas Neues – so wie der Nachbar – hin zu bauen. Und das im Zentrum eines mittelalterlichen Dorfes mit einer riesigen Burgruine mit ehemals sieben Türmen aus dem 12. Jahrhundert!

Zu Beginn hatten wir einen sehr schweren Stand und auf der Mülldeponie, die es damals noch im eigenen Dorf gab, wurden wir vom alten Bürgermeister als „Les Boches" beschimpft!

Uns war es wichtiger, sich mit den alten Mauern und um unser eigenes zu bauendes Reich und unsere „Welt" zu kümmern, anstatt uns daraus viel zu machen. Wir waren unabhängig und wollten es damals doppelt sein.

Eine gewisse Naivität, gepaart mit dem unbändigen Wunsch, selbst etwas für uns Sinnvolles in unserem Leben machen zu wollen, waren die Triebfeder für dieses gewaltige Unternehmen. Und dies nur für uns zu zweit und ohne sonstige Unterstützung.

Und eigentlich – wenn ich ganz ehrlich bin – wollten wir für uns erst mal ein Zimmer einrichten und den Rest als „Ruinenlandschaft alla Kaspar-David-Friedrich" so lassen!

Die originale Substanz der verfallenen Anwesen, die Freiheit, in der wir dort leben konnten, waren Umstände, wie man sie sich als junger Mensch schon immer vorgestellt hatte. Man konnte sozusagen tun und lassen was man wollte und hatte doch etwas vor, war produktiv und konstruktiv.

Man gestaltete aus freien Stücken ein Stück Zukunft, ein Zuhause, ein Refugium, ohne zu wissen, wie so etwas ausgehen könnte....

Zu den alten Gemäuern kam dann noch ein weiteres altes Haus dazu mit einem großen Grundstück, auf dem zuerst die Schafe weideten und später der eigene Wein wuchs, der für so ein französisches Leben nicht fehlen durfte.

Und später kaufte man dann noch eine Scheune für die alten Autos und weil das Sammeln von Immobilien so viel Spaß gemacht hat, haben wir zur Vergrößerung unsrer „Latifundien" noch ein Grundstück direkt vom französischen Staat gekauft.

Wenn man sich überlegt, dass ich in der Schule zwar Englisch und Latein, aber kein Französisch gelernt hatte, war es doppelt mutig, sich in die Fänge der französischen Verwaltung, der Präfektur und anderer Behörden zu begeben!

Das waren fei schwierige Auseinandersetzungen!

Aber unsere uns beschützenden Mauern, unsere warmen Häuser - viel später dann - unsere Gärten und vor allem unsere vielen Tiere hatten so eine große Bedeutung für uns, dass wir allen Härten des französischen Staates trotzten, mit dem Finanzamt klar kamen, Autos, Motorrad und Traktor zuließen und uns irgendwie immer arrangieren konnten.

Neben unseren drei Hunden hatten wir Schafe, die am Anfang direkt vor unserem Wohnwagen hausten - und manchmal auch drin -, Gänse, Enten, viele Hühner, Hasen und Wachteln, die uns immer umgaben.

Meine Frau war nicht nur eine perfekte Gärtnerin, nein sie war auch eine perfekte Köchin und so schöpften wir aus dem gepflegten Gewächshaus aus dem Vollen - aus unseren Gärten, aus dem Weinberg, dem Räucherschrank und unserer Pilzzucht.

Auch kulinarisch betrachtet haben wir damals wohl besonders edle Zeiten erleben dürfen!

Bis dann Sorgen ums Geld und andere Ängste, wie es wohl weiter geht mit der sich anbahnenden Krankheit meiner Frau uns das Leben dort wieder so schwer hat werden lassen, dass man quasi gezwungen wurde, das Ganze hinter sich zu lassen.

So wurden – wegen des immer wieder nachwachsenden Tumors – die Fahrten nach D in die Uni-Klinik, in der meine Frau früher sogar einmal tätig war, immer unerträglicher. Es musste etwas passieren und so gelang es durch einen glücklichen Umstand, dass ich – von unserem kleinen Dorf aus im Internet – damals noch mit Modem und immer schön einwählen und so – Kontakt mit einem alten Studienfreund knüpfen konnte, in dessen Büro in D ich arbeiten konnte.

Es dauerte dann noch einige Zeit, bis meine Frau von unserem Paradies loslassen konnte und mir wieder nach Deutschland gefolgt ist.

Eine lange Zeit des furchtbaren Leidens und unzähliger Operationen vergingen, bis sie dann nach 10 langen elendigen Jahren endlich erlöst wurde.

Den schönsten Teil dieses Anwesens mit meinem Künstleratelier und dem Garten habe ich für ein kleines Geld an eine oberschwäbisch-badische Patchwork-Familie „losgebracht", das Weinberghaus mit meinem wunderschönen Weinberg an eine traurige alleinstehende Lehrerin auch aus D und den Rest – ja, den Rest habe ich an einen eigensinnigen Feinmechaniker verkauft und meine Oldtimer-Scheune an einen mir äußerst unsympathischen Typen, den ich nie zu Gesicht bekommen habe. Das hat aber viele Jahre gedauert.

Zu viel Liebhaberei, zu individuell, zu außergewöhnlich.... Heute wäre es vielleicht schneller gegangen und vielleicht auch für einen besseren Preis. Vielleicht wäre es eher als etwas Besonderes betrachtet worden - damals hatten wir nicht das Gefühl, dass uns eine gewisse Wertschätzung zuteilwurde.

Die Not zwang uns dazu, einen Schlussstrich zu ziehen. Wir sahen damals keine andere Möglichkeit.

Und so wurde der schwere Verkauf wieder zur Befreiung, um weiter Neues zu gestalten.

1 - Panhard - oder der Beginn einer besonderen Zeit

Und wieder mal war es eine Antiquität, die mich in ihren Bann zog – eine alter Panhard Baujahr 1962. Er stand hinter einer Tankstelle in Besancon. Er war in Gauloise-Blau und an allen Ecken so rund, wie es eben nur ein Panhard sein kann. Im Grunde war er hässlich und irgendwie grob. Er hatte gar nichts Feines an sich, protzte durch seine klobige Form und vor allem seines starken Motors wegen. Immerhin hatte er damals schon als einer der ersten Limousinen Scheibenbremsen, was ein echtes Highlight für die damaligen Zeiten war.

Allerdings umgab ihn der unverwechselbare Charme der 60er Jahre, alles noch im Aufbau und die Frauen hatten meistens schöne Kleider an - so rote mit weißen Punkten - die im Wind wehten....

Ich war wie so oft mit meiner Enduro unterwegs, um die Landschaft weiter zu erkunden. Viele Jahre waren wir immer an den einen Camping-Platz an dem kleinen Fluss gefahren, um dort mit unserem alten Hanomag-Campingbus gute Zeiten am Lagerfeuer oder im Kanu zu verbringen.

Es war gerade mal ein paar Stunden von unserem Wohnort in D entfernt und für meine Frau als alte Wildwasser-Nixe wenn nicht eine Herausforderung, aber zumindest ein bisschen Wasser unterm Paddel.

Aus dem Campingbus wurde dann später ein großer Wohnwagen mit Naturholzausbau, der aber nicht lange dort stehen bleibe sollte, weil wir einen „festeren" Standort für ihn bekamen.

Ja, und Anlass war eben dieser Panhard, für den ich einen festen Platz suchte, um nicht wieder in die Fänge der französischen Behörden, der Willkür mächtiger ungebildeter Bauersfrauen, die es geschafft hatten, ein Amt zu besetzen und derer duckmäusiger Mitstreiter, zu gelangen.

Das hatte ich nämlich schon früher kennengelernt, wo man die französischen Autos nur mit einem Riesen-Aufwand in D zugelassen bekam. Die Schikane am französischen Zoll übertraf sogar die der Schweizer Kollegen, die ich sehr gut aus früheren Zeiten kannte.

Wenn ich an die widerlichen Leibesvisitationen, die es damals noch gab - vor allen bei Jugendlichen, die - je länger die Haare, desto rauschgiftverdächtiger - begehrte Opfer waren.

Als alter Franzosen-Fan – und dies bezog sich auch auf alte französische Citroens - aber viel mehr auf Landschaften, Rotwein und früher mal die ganze Palette von Gauloises und Gitanes war es die Aufgabe, was Passendes zum Zwecke der Unterstellung und Lagerung zu finden.

Tief in mir hat sich schon als Jugendlicher das Bild des rotwangigen französischen Lebemanns mit Barett, blauer Schürze, Schnauzbart, einem breiten Lächeln, dem unvermeidlichen Glas Rotwein in der Hand und der Gauloise lässig zwischen den Mundwinkeln, eingebrannt. Dieses Bild schrie in mir förmlich nach Übereinstimmung und ich habe durch intensiven Einsatz meiner körperlichen und seelischen Kräfte Vieles davon – immerhin zeitweise und das hat auch gelangt - erreicht!

Der Grund aber war ein ganz anderer.

Als unabhängigkeitsdrängender Freigeist, durch den Künstler-Vater besonders beeinflusst, lag es nahe, alles anders machen zu wollen wie "normal". Dieser Wunsch wurde verstärkt durch die strenge Mutter als Herrscherin, die ihre vier Kinder mit leibeigenen Sklaven verwechselt hat. Anderen gegenüber stellte sie uns gerne als ihre „Domestiken" vor.

Diese Umstände und natürlich die Zeit zwischen Rudi Dutschke und Rolling Stones – und neben dem einen oder anderen Pfeiflein zwischendurch - machten es mir unmöglich, kritiklos überall mitzumachen.

Der Drang nach Unabhängigkeit und Freiheit in mir war so groß, dass ich immer mal wieder – aber bestimmt nicht zu oft, als ich denn schon mit dem Moped in das nahegelegene Gymnasium fuhr - vergaß, den Blinker rechts zu setzen, sondern geradeaus weiter fuhr, an Chemie und Physiksälen glatt vorbei!

Diese Schulersatz-Ausfahrten führten mich in die kleinen verschlafenen Dörfer der Höri, des Bodanrück und des Hegaus. Hier begegnete ich den alten Höfen mit ihrer vermeintlichen Autarkie, das Sinnbild für ein eigenständiges und unabhängiges Leben.

Immer wieder spürte ich den Wunsch, eine eigene Welt zu bauen, diese selbst zu schaffen und dort alles so zu machen, wie es mir in den Sinn kam und wie ich wollte.

Als ich dann fertig war mit der Schule und sogar – zugegeben mit einigen Schwierigkeiten anfangs, dann allerdings mit Bravour – mit dem Studium bestens abschloss, war die Frage „Quo vadis" präsenter als zuvor!

Der dumme Versuch, mitten im Studium, von Barcelona aus Richtung Südamerika - anzuheuern, scheiterte dann doch aus Intelligenz-Gründen, die mir der Herrgott - in gewisser Weise vertreten durch meinen lieben Vater - mitgegeben hat.

Immerhin war ich schon so weit, dass ich an den einschüchternd hohen Bordwänden der Übersee-Frachter im Hafen von Barcelona entlang lugte, um mich dann aber – dank einer guten Eingebung – schnell wieder in meinen Fiat 600 zu setzen, um nach Hause zu fahren und um das Studium zu vollenden.

Auch nach getaner Pflichterfüllung, was meine Ausbildung anbetraf – mein Vater hatte mich jahrelang unterstützt - ließ mich meine innere Unruhe nicht los und ich fuhr mit dem schon erwähnten Hanomag, der mich über 12 lange Jahre begleitete, durch ganz Italien, um mir eine Vielzahl von alten „Podere Mulinos" anzuschauen. Alte verfallene Hütten, aufgegebene Bauernhäuser und Mühlen in der Toskana, im Talla-Tal und anderswo.

Verwunschen, märchen- bis zauberhaft, eigene Welten, die in mir als jungen phantasievollen Menschen ganze Kosmen entstehen ließen.

Träume so zum Greifen nahe und so viele davon - ein Wahnsinns-Genuss, aber eben immer nur theoretisch, da dazumal unmöglich, zu realisieren. Aber der Traum war nicht nur ein Traum im stillen Kämmerlein zuhause, immerhin war man schon vor Ort, dem Glück so nahe.

Aber da waren Zwänge wie Geld verdienen, um den eigenen Lebensunterhalt zu bestreiten und Zweifel, ob man vielleicht doch was Normaleres machen sollte, so wie die anderen.....

Und außerdem – so ganz alleine.......

Zum Glück hatte ich meine damalige Freundin dabei, die zwar alles ganz toll fand, aber nicht die Power und die Lust hatte, mich in meinen Bestrebungen gehaltvoll zu unterstützen.

Und da gab es noch ein Pärle, einen alten Schulfreund mit seiner Freundin, mit dem ich sehr oft unterwegs war. Aber deren Ansinnen war dann doch eher familiärer Art, was für mich durch die Sklavenhaltung meiner Mutter nicht so in Frage kam.

Ja, da hat sich wohl nachhaltig einiges eingebrannt. Als ich dann zu Studizeiten vorübergehend mit einer heute prominenten Frau befreundet war, ging's bald wieder auseinander, als ich u.a. den Familienwunsch nicht unterstützen wollte – eigentlich irgendwie sehr schade.

Diese freien Fahrten durch die verträumten Landschaften der Toskana mit den euphorischen Phantasiebildern, wie man dann dort so leben könnte....... in einem Gemäuer voller Lebendigkeit und Schönheit, eine individuelle „Grundsubstanz" sozusagen, die es galt, wieder zu neuem Leben zu erwecken.

Aus dem zerfallenen Gut etwas zu schaffen, wieder etwas entstehen zu lassen, ohne jemanden zu fragen, so urtümlich und einfach, wie ich es oft als kleiner Junge in der Keltenbucht beim Steinbeile suchen am Bodensee gespürt habe.

Auf diesen Reisen hat sich quasi ein Bild von malerischen Plätzen, altem Gemäuer, Scheunen, Brunnen, Bäumen, Wiesen und Natur eingebrannt, das mich von da an besetzt hielt.

Es war in mir drin.

Ja, und dann kam mir der Panhard in die Quere.

Das war dann – nur ca 12 Jahre später. Inzwischen hatte ich mich mit mir und der Gesellschaft zumindest vorübergehend arrangiert und es auch versucht mit Büro und Selbständigkeit – und wenn man's bedenkt, kam für mich und meine „individuellen Leistungsvoraussetzungen" doch ganz gut was dabei raus.

Und da dachte ich: , Der Panhard bleibt in F'.

Und da wir mit dem Wohnwagen eine Art zweiten Wohnsitz in F hatten, hatte ich die Möglichkeit
von dort aus meine „Ausfahrten" zu machen und
anlässlich meines Panhard-Fundes etwas zu suchen,
was wenigstens für das alte Auto zum Unterstellen
ausreichte.

Ein Schelm, der etwas Böses dabei denkt..... ich
hab's selbst nicht gewusst - ehrlich.

Dann aber, nachdem ich mit meiner Honda
durch ein Waldstück knatterte, überkam mich ein

gewaltiger Gefühlsschauer, als ich eine wundervolle Landschaft vor mir ausgebreitet liegen sah.

Vor meinen Augen ruhte eine Ebene mit einem kleinen Tafelberg, der dann später zu meinem Weinberg wurde, links ein paar alte Häuser und die kleine Dorfstraße, die hinab führte.

Hinab zu einer riesigen Burgruine, die geheimnisvoll und zugleich drohend in der Senke lag. Es war eine Szenerie des Mittelalters, eine lebendige Hommage an Caspar David Friedrich, ein Bild des Friedens und der Stille.

In diesem Augenblick des Ergriffenseins fuhr ich auf ein paar alte Mauern zu und ich dachte, wenn's das zu kaufen gibt, dann schlage ich zu!

Ein paar Meter weiter und ich sah das Schild – mit roter Farbe auf ein altes Brett gepinselt –

„a vendre" – zu verkaufen.

Ja, und dann begann die Geschichte von unserem Paradies – auf Zeit.

2 - Grundstücksbesichtigung

Aufgeregt, voller Adrenalin und hocherfreut fragte ich nach dem Besitzer, der nur wenige Meter entfernt wohnte. Es war einer der letzten Bauern des 20-Seelen-Dorfes, ein kleiner gedrungener Mann mit glänzenden vin-rouge Bäckchen. Er war sehr freundlich und gar nicht abweisend, obwohl wir ja aus D kamen und keine Einheimischen waren.

Vielleicht hatten wir diese Haltung seinem Sohn zu verdanken, der in der Schule Deutsch gelernt hatte und - im Gegensatz zu nahezu allen Franzosen, die ich kenne - auch noch einiges wusste.

Wahrscheinlicher aber war, dass er ob unseres Besuches und Interesses so freudig überrascht war, dass er nicht anders konnte. Wer hatte sich schon für seine alten verfallenen Hütten interessiert?

Nach kurzem Vorstellen und Fragen wollte ich natürlich wissen, wie das Anwesen innen aussieht und ging gleich darauf mit dem Sohn ins Gemäuer.

Da sowohl das untere wie das obere Haus mit allem möglichen Unrat zugestopft waren, konnte ich mir nur einen kleinen Ein-, aber keinen Überblick verschaffen. Es war zu chaotisch.

In meiner späteren Holz-Werkstatt wuchs ein ca 8m hoher Baum bis in mein Atelier im Dach, in der Metallwerkstatt, in der ich dann später meine Skulpturen schweißen sollte, lagerte ein riesengroßer halber Mähdrescher, der vom herabgefallenen Heu verdeckt wurde.

Die Mauern waren größtenteils zusammengebrochen, Decken gab es im Teil der mittleren Scheune und zwischen dem unteren und oberen Haus keine mehr. Nur das Dach zur "offiziellen" Seite, zur Straße hin war noch da.

Vor den beiden alten Bauernhäusern an den Giebelseiten verlief die "Grande Rue", am unteren Haus verlief eine Sackgasse zur Scheune unserer Nachbarin. Das ermöglichte die sinnvolle Erschließung von dieser Seite. Dahinter entwickelte sich das Grundstück auf einer Länge von ca 100m, nach hinten, in drei Abschnitte geteilt, leicht abfallend.

Auf mein vorsichtiges Anfragen, ob er mir auch mal die Rückseite der zum großen Teil zusammengefallenen "Gebäude" und das Grundstück zeigen könnte, antwortete er mit einem breiten charmanten Grinsen und bat mich zu warten.

Kurz darauf kam er mit einer laufenden Motorsense mit einem großen Dreizackmesser an und lief um die Ruinen über das Nachbargrundstück seines Onkels auf die hintere Seite.

Hier begegnete uns ein zugewuchertes Gelände, das sicherlich die letzten 50 Jahre von niemandem mehr betreten worden war. Beim Anblick dieses Dschungels schwand meine Hoffnung, irgendwie mehr von meinem sofort zum Schmuckstück definierten Chaos zu erkennen.

Durch den gewaltigen und entschlossenen Einsatz des kräftigen Bauernsohnes mit Maschine mit Höchstdrehzahl und heftigem Hin- und Her Schlagen gelang es immerhin, eine leichte Ahnung davon zu bekommen, was sich hinter dem Gestrüpp Bauliches oder Restmauerliches verbergen mochte.

Gleich, um wieviel schlimmer es ausgesehen haben könnte - es war so schon dramatisch genug - ich wollte kaufen. Es war ein fester Entschluss.

Die zusammengefallenen Dächer, die zum großen Teil abgetragenen Mauern, die verwahrlosten zusammengepferchten alten Maschinen, die riesigen Heuhäufen, die auf abgefaulten schräg in den Himmel ragenden Deckenbalken und Rest-Sparren lagen, störten mich irgendwie nicht.

Wie Riesen-Zahnstocher streckten die Balken ihre verfaulten Spitzen in den blauen Himmel.

Es war ein Anblick des Grauens, des Chaos und der Unordnung gepaart mit der Schlamperei von Bauern, die nicht über den Tag hinausdenken können oder wollen.

Zugemüllt wie bei Assis, nicht der Anflug von Ordnung oder System, eine grandiose Schlamperei, die nur als solche zu bezeichnen ist.

Irgendwie war es furchtbar.

Trotzdem hatte es in seiner Einmaligkeit einen gewissen Genre-Charme aus vergangenen Jahrhunderten, wäre da nicht auch die bäuerliche Haltung der Vorbesitzer so deutlich zu spüren gewesen.

Die hat mich am meisten gestört ob der ach so malerischen Situation.

Alle diese überwältigenden Eindrücke von diesen ruinösen Zuständen waren kein Hinderungsgrund für mich.

Auch wenn ich mich als Architekt bis dato mit vielen Altbauten in unterschiedlichster Form beschäftigt hatte, war dieses Bruch- und Schrottobjekt die Herausforderung meines Bau-Lebens schlechthin.

Aber die Originalkonstruktion war - vor allem in den beiden Bauernhäusern - so gut teilerhalten, dass ich Wiederaufbauchancen und die Sanierungsfähigkeit „erkannte".

Der Drang zum Konstruktiven, zum Kreativen, zum Bauen und wieder neu Füllen war einfach größer als alle Vernunft, verhältnismäßig zu sein.

Es war die Tatkraft, der unzähmbare jugendliche Wille, etwas anders zu machen als die anderen und die Spießer.

Und hier fand ich mein individuelles großes Spielzeug der Freiheit, einer Freiheit, die mich so gnadenlos herausforderte.

Ich nahm den Fehdehandschuh sozusagen auf und sagte ganz deutlich ja.

Auch wenn mein Entschluss innerlich gefasst war, hatte ich nun die große und äußerst schwierige Aufgabe, meine Frau, die im Campingbus am Bach saß, von einem zumindest gewissen Sinn der Unternehmung zu überzeugen.

Schwierig, schwierig, aber vielleicht war ihre verhaltene Zustimmung dem Umstand geschuldet, dass sie sich eigentlich ja auch schon immer so etwas gewünscht hatte, sie es sich aber nie hatte träumen lassen.

3 - Beschreibung Anwesen

Das ganze Anwesen bestand eigentlich aus zwei Bauernhäusern – jeweils mit eigenem Stall und Scheune, die im Laufe der Jahrhunderte zusammengewachsen waren und eine Einheit bildeten.

Das Haus links war giebelständig mit seitlich angebauter Scheune, zum oberen Haus hin war die dazugehörige Scheune dazwischen gebaut. Davor verlief die Straße, die Grande Rue, wie sie solange hieß, bis der Sohn des Bürgermeisters auf die Idee kam, den drei Verkehrswegen im Dorf einen Namen zu geben.

Dies hatte dann ungeahnte Folgen, weil unser Anwesen auf einmal zwei verschiedene Hausnummern mit verschiedenen Straßennamen bekam. Ein richtiger unnötiger Blödsinn, der vielleicht nur durch die Verwaltungswut der EU in Brüssel und derer Handlanger gerechtfertigt werden konnte. Wir mussten nämlich danach mehr Steuern bezahlen.

Es war die Zeit, in der auch in F viele Neuerungen durchgeführt wurden, so wurde z.B. auch hier dann der Energieausweis eingeführt und weitere Strafmaßnahmen für die Bürger verordnet, um die Wirtschaft anzukurbeln.

Das untere Haus war ursprünglich ein nahezu quadratisches kleines Gebäude mit einer Grundfläche von ca 40m². Es hatte zwei Ebenen und ein Dachgeschoss. Die alte offene Feuerstelle lag mit anschließendem Brotbackofen auf der Rückseite des Hauses.

Nach dem Anbau eines Kuhstalles mit einer Tiefe von 20m musste der Ofen weichen und wurde im Zuge eines Erweiterungsbaues auf der anderen Seite in die dann neu entstandene Mitte versetzt.

So wurde das Haus um mehr als das Doppelte zu Beginn des 20. Jahrhunderts im Rahmen einer "Völkerwanderung" nach vorne zur Dorfmitte hin vergrößert. Die alte Giebelseite war nun Mittelwand im neuen großen Haus.

Das Besondere am Neubau war, dass die Außenwände nicht parallel waren, sondern sich wie bei einem Platz von Michelangelo nach Westen hin schräg öffneten. Und so entstand ein neues Wohnzimmer mit fast 40m², allerdings nur mit einem Fenster, das den Blick in die Dorfmitte führte.

Die immer noch offene Feuerstelle maß ca 1x2m und lag nun richtigerweise in Hausmitte. Gekocht wurde über offenem Feuer mit einem darüber hängenden Abzug aus Holz.

Entsprechend konserviert waren denn auch die schwarz gerußten kerngesunden Eiche-Deckenbalken, die mit einem stattlichen Durchmesser den darauf ruhenden Schornstein aus massiven Kalksteinen trugen.

Anstelle der alten Feuerstelle führte eine handwerklich perfekte voll gestemmte Eichentreppe mit

Tritt- und Setzstufe in das 1. Obergeschoss. Hier waren außer verfaulten Bodenbrettern und dem sich ins Dachgeschoss verjüngende Schornstein nur eine kleine Treppe ins Dachjuchee vorzufinden.

Im Erdgeschoss lagen ebenfalls verfaulte Dielen auf dem Boden, jedoch teilumrandet von roten Sockelbrettern, die immerhin noch so gut waren, dass später daraus ein Plumpsklo im Freien gezimmert werden konnte.

Dass unter diesem Wohn-Raum ein kleiner Bach floss, konnten wir erst erkennen, als wir den Boden viel später dann neu betonierten.

Das untere Haus war erst seit 30 Jahren unbewohnt und es gab immerhin 1 Lampe in der alten Küche und 1 Funzel im Stall.

Der alte „Evier" - der Spülstein - ganz aus einem massivem Kalkstein herausgehauen mit einem wohl geformten Ausgussablauf mit einer kleinen wasserführenden Rinne wurde dazumal noch benützt, eine Toilette oder sonstige Wasch- und Pflegeeinrichtungen waren nicht vorhanden!

Spül- und anderes Wasser wurden einfach durch die Wand nach außen geleitet. Und dort versickerte es im Boden.

Direkt von der Küche durch eine – nicht mehr vorhandene Zwischentür – ging es in den Stall, der sich ca 20m tief in die Dunkelheit erstreckte.

Am Ende des „Tunnels" gab es ein Fenster, das wie eine kleine Hoffnung ein wenig Licht herein ließ. Die Deckenhöhe in diesem Abteil war so gering, dass nur der kurze Bauer, dem das Anwesen früher gehörte, hier arbeiten konnte.

Als „normal" Gewachsener mit 1,80m hatte man ständig Deckenbalkenkontakt, was nach hinten etwas besser wurde, da der wunderschöne Steinboden mit runden Kalksteinen sich immer mehr senkte.

Später sollte dies in einer „irren Aktion" geändert werden. Wir haben es von Hand geschafft, alle Deckenbalken, die aus Eiche und daher sehr schwer waren, auszubauen und um 70cm nach oben zu versetzen – und das auf eine Länge von über 20m!

Dass dann im Zuge dieses Aktes auch der Boden erneuert wurde, lag auf der Hand. Wir bauten im ganzen Dorf die ersten Entwässerungsrohre innerhalb eines Stalles und danach im ganzen Haus.

Zwei fleißige Helfer arbeiteten sich Stück für Stück durch den gewachsenen Fels.

Wir hatten anfangs als einziges Instrument und Hauptwerkzeug eine sogenannte "Paramine", eine Eisenstange aus geschmiedetem massivem Eisen von ca 1,5m Länge und einem Durchmesser von ca 4cm.

Auf der einen Seite gab es eine „relative" Spitze und auf der anderen einen flachgeschmiedeten umgebogenen Teil, mit dem man irgendwo drunterfahren konnte. Sie alleine wog schon 15kg und es war eine mörderische Arbeit, in den gewachsenen Kalkstein einen Graben für das Entwässerungsrohr zu spitzen - und zwar von Hand.

So wurden dann aus dem harten Kalkstein Bruchstücke mühsam herausgehebelt und wir kämpften uns Stück für Stück vorwärts.

Es gab ja keinen Strom für Maschinen und die ersten Arbeiten mussten wir alle von Hand machen.

Die Paramine gibt es übrigens heute noch und erfüllt weiterhin ihre Dienste, wenn auch nicht im harten Kalkstein.

Seitlich an diesem Stall angebaut war die Remise für den Heuwagen und ein extra abgetrennter Keller für die Lagerung von Kartoffeln und so. Wir haben dann später einen Hühnerstall draus gemacht.

Der Eingang zur Scheune für das untere Haus erfolgte durch das große zweiteilige Scheunentor, dessen Eingangstüre noch einmal waagrecht geteilt war, so dass Pferde oder wer auch immer bei geschlossenem Tor zumindest herauslugen konnte. Daneben war der Eingang zum Kuhstall, eher zwischen Hauseck und Scheune reingeklemmt.

Die Konstruktion mit den schweren krummen wie gewachsenen kaum behauenen Eichebalken war abenteuerlich, zumal sie mindestens 10 m in die Höhe ragten und stützender Teil des darauf liegenden Dachstuhls waren.

So wenig hoch der eigentliche Kuhstall war, so hoch war die Remise für die Heuwägen. Eine nur durch ein paar Rundhölzer und Eichedielen lose verlegte "Decke" bildeten den oberen Abschluss zum Dach hin.

Von großem Vorteil war ein seitlicher Zugang in die Scheune über eine kleine Stichstraße zur Nachbarin hin. Man konnte hier gut Material ausladen und versorgen, auch wenn die Scheune von vorne her schon belegt war.

Abenteuerlich gebaut war die Giebelwand mit einer Länge von guten 20m und einer Höhe von ca12m. Anfangs ging man davon aus, dass sich die gesamte Mauer im Laufe der Jahre gesenkt hatte und dadurch auf die gesamte Länge sich um ca 60 - 80cm neigte. Das hieß, die Mauer stand schräg in der Landschaft. Es sah beängstigend aus, obwohl eigentlich nichts passieren konnte. Sie war im Firstbereich fast genau so stark wie im Fundamentbereich und war schon immer so im Original gebaut worden. Und trotzdem war es verwunderlich, dass dieses Teil auf die große Länge ohne besondere Aussteifung - bis auf den kleinen Hühnerstall - hielt.

Oben drüber, im 1. Dachgeschoss sozusagen, entstanden dann später neue Böden mit großer Lagerflächen. Die Ausmaße der unteren Scheune betrugen immerhin fast 200m^2 auf einer Ebene.

Auf die Breite dieser Scheune gab es im hinteren Teil an der Traufe noch einen kleinen Grundstücksstreifen, der dazu gehörte. Er war voller Gerümpel und Dreck und verdeckte nahezu ganz das angrenzende kleine verfallene Backhaus unserer Nachbarin.

Eine Zeitlang waren hier die Hühner untergebracht, die dann abends durch eine kleine Maueröffnung in den von der Remise abgetrennten Keller über eine selbstgebastelte Hühnerleiter spazieren konnten.

Später aber wurde auch hier ein Boden betoniert und ein Brunnen ins Eck gebaut, der das Regenwasser vom Scheunendach sammelte. Viele Jahre diente der Platz für den Traktor, eine grüne Rarität, ein A-300, der letzte Lanz- und erste John Deere-Traktor.

Von hier aus starteten viele Fahrten in den Wald zum Bäume fällen und Holz machen, ab dem 4. Jahr unseres Beginns dann immer mit meinem Terrier.

Das obere Haus war im Gegensatz zum unteren traufständig, das heißt, dass das Gebäude im Grundriss um 90 Grad verdreht wurde, was bedeutete, dass der Giebel in die andere Richtung zeigte.

Möglicherweise war es ganz früher - so Ende des 18. Jahrhunderts und vor dem Bau der Scheune einmal ein Verwalterhaus - vielleicht zur Burg gehörig. Dieses Haus war besonders „reich" gebaut – mit auskragendem massivem Fensterbankstein, mit angephasten Gewänden und einem besonders schönen

Bruchsteinmauerwerk mit herrlichen Eckverbänden aus handbehauenen harten Kalksteinen.

Durch die Anordnung der beiden Häuser entstand eine städtebaulich interessante Situation, bestimmte sie nicht nur den Verlauf der Straße durch eine Kurve, sondern definierte die Ausrichtung hin zur Burg und zum Rathaus, sowie zum Ausgang des kleinen Weilers, in F "hameau" genannt. Die anderen paar Häuser lagen an der Straße und so bildeten unsere Häuser schlechthin das "Centre".

Zwischen den beiden Häusern gab es einen Höhenunterschied von ca 1,5m, der straßenseitig durch das natürliche Gefälle und intern dann durch einige Treppenstufen ausgeglichen wurde.

Beiden alten Häusern war das Steindach aus Kalksteinplatten gleich, waren es doch weit und breit die Letzten ihrer Art. Die Platten bis zu 6cm dick wurden lose auf eine Unterkonstruktion gelegt und waren nur mehr oder weniger dicht - je nach Witterung.

Es war aber eine interessante Konstruktion, mit der sich die armen Bauern geholfen haben. Zwischen den Sparren, die auf einer Mauerlatte und dem Firstbalken lagen, hatte man Stücke aus Eiche gelegt, auf die man eine Schotter schüttete. In diese Schotterpackung wurden dann die Kalksteinplatten gelegt, die sich selbst durch ihr eigenes Gewicht und das der darüber liegenden Steine trugen.

Eine einfache und in gewisser Weise waghalsige Konstruktion, die viele Jahre überdauerte und hielt, jedoch dann wegen des hohen Wartungs- und Reparaturaufwandes durch Ziegeldächer ersetzt wurde.

Wir waren natürlich stolz, dass wir so viel Originalsubstanz hatten, auch wenn im hinteren Teil des oberen Hauses ganze Dachflächen fehlten.

Weil das obere Haus drei richtige Geschosse hatte, wurde es das Turmhaus genannt. Turmgleich stand es schmal und hoch mit einfach aber gut gegliederter Fassade an der Straße und bat einen malerischen Anblick.

Und einen noch schöneren Ausblick hatte ich von meinem erhabenen Arbeitsplatz, den ich mir später im 1.OG einrichtete und einen ausschweifenden Blick in und über das Dorf hatte.

Auch hier wurde das Original nach hinten verlängert, um zu Beginn des 20. Jahrhunderts mehr Wohnraum für die wachsende Bevölkerung zu schaffen. Eine Besonderheit war hier ein Felskeller von fast zwei Metern Höhe, der in den gewachsenen Fels gehauen wurde.

Später sollte daraus ein kleines Bassin werden, um sich nach dem Saunagang abkühlen zu können.

Leider war meine Frau keine große Saunagängerin, mein Terrier und ich jedoch genossen die wohlige Wärme sehr oft.

Zwischen den beiden Wohnhäusern wurde in 1895 ein großes Stall- und Scheunengebäude gebaut, in der sich später ein großer Teil unseres Lebens und Arbeitens abspielte. Es bestand ursprünglich aus einem ca 20m tiefen Stall wie beim unteren Haus, rechts daneben zum oberen Haus hin folgte die Remise.

Hier entstanden dann später Metall- und Holzwerkstatt und im Obergeschoss das große Atelier mit einer wiederverwendeten Squash-Halle, damit viel Licht hereinscheinen konnte.

Die Verbindungen intern waren Türöffnungen, jeweils mit einer oder mehreren Stufen versehen, um den Höhenunterschied zwischen den beiden Häusern von ca 1,5m zu überwinden.

Nach dem Kauf – voller Freude und Tatendrang, etwas zu machen - brauchten wir Wochen, bis wir das Anwesen mit den vielen Gebäudeteilen einmal richtig besichtigen und erfassen konnten.

Der zig-Jahre alte Mist, alte Balken, der halbe Mähdrescher, zerbrochene Wägen, Stroh und Heu, alles wild zusammengepackt – ganz hinten angefangen und sich im Dekaden-Abschnitt nach vorne gearbeitet – das schaute uns an.

Die dorfeigene Deponie, die zu damaligen Zeiten noch für jeden Einwohner frei zugänglich war, machte es möglich, dass man in nächster Nähe sorgenfrei entsorgen konnte.

Die Frage nach kontaminierter Altlast oder sonstig belastetem Stoff tauchte nicht auf – und es war uns damals auch sehr recht. Und da schon einige alte Traktoren auf dem Müllplatz begraben lagen, kam es auf unsere paar ölverschmierten Achsen oder was es auch immer war, nicht mehr an!

So zumindest dachten wir damals...

Bei einem dieser Besuche auf der Deponie, bei dem wir unseren voll beladenen Anhänger ausräumten, kam der damals schon recht betagte älteste Bauer des Dorfes mit erhobenem Stock auf mich zu und schrie mich an, ich solle wieder abhauen. Dabei verwandte er solche historischen Ausdrücke wie „Boche" und „Salaud", was nicht gerade auf ein heiteres Zusammenleben im Dorf hoffen ließ.

Ungeachtet dessen schafften wir uns so durch den Dreck und waren doch ziemlich überrascht, als wir die Ausmaße und vor allem den Zustand unserer neu erworbenen Latifundien gewahr wurden.

Schon in D waren wir mit dem Instandsetzen und Renovieren alter Häuer beschäftigt und meine Frau, die oft kräftig mitgeholfen hatte, wurde immer leiser und zurückhaltender angesichts dieser riesigen Berge voller Arbeit.

Heftige Diskussionen – die zum Teil auch schon vor dem Kauf entbrannten – waren die Folge und man spielte eine Zeitlang mit dem Gedanken, alles so zu lassen, vielleicht so nach und nach etwas aufzuräumen und dann vielleicht ein Ferienzimmer mit Dusche und WC einzubauen.

Diese Variante wurde aber von mir schnell verworfen, da ich aus den alten Hütten wieder was machen wollte und das enorme Potential sah.

Gut, ich hatte es gekauft und jetzt gab es kein Zurück mehr. Es ging also immer mehr darum, den Bestand richtig zu erfassen, um weiter planen zu können.

4 - Ausräumen – Deponie – Willy –Jugendtraum - Paramine

Ich erinnere mich, wie ich im oberen sogenannten „Turmhaus" stand und inmitten von alten Zaunpfählen, die raumhoch gestapelt waren, nach einem Boden suchte.

Ich hoffte auf einen schönen Steinboden und war mit Pickel und Schaufel dabei, eben einen solchen zu suchen. Just in diesem Moment kam es zum ersten Kontakt mit einem Dorfbesucher, nachdem wir den Fehler begangen hatten, uns nicht bei den wenigen Einwohnern – damals waren es etwa 20 Personen, kurz persönlich vorzustellen.

‚Hey Guy, what you are looking for'? rief es von draußen auf der Straße durch das nicht vorhandene Fenster.

Erschrocken und überrascht zugleich, dass es hier auch Englisch Sprechende gibt, streckte ich meinen Kopf aus der Türe und erwiderte: ‚I'm looking for the ground'!

Willy, der Australier war und - wie jedes Jahr einmal - mit seiner schweizerischen Freundin auf „Europatour" war, bereiste die Gegend, weil sie selbst auf der Suche nach einem alten Haus zum Ferien machen waren.

Die beiden waren es denn auch, die uns bis zu unserem Rückzug nach D regelmäßig besucht haben. So hatten wir mindestens einmal pro Jahr mit den Beiden einen Heidenspaß, vor allem auch deswegen, weil Lisbeth, die Schweizerin, kein „th" und das „S" nicht immer so richtig sprechen konnte und wir uns gemeinsam darüber lustig machten.

‚Wot Du yu tink ebaut te autrailian piepel' war dann auch unter uns immer so ein geflügeltes Wort, wenn man irgendwas nicht richtig beschreiben konnte.

Wir hatten viel Spaß miteinander und Willy brachte sogar mal einen amerikanischen Geschäftskollegen mit, der bei uns an einem Abend ca zwei gefühlte Kästen Weizenbier getrunken hatte, weil es war so „wandeful"!

Ja und Turmhaus hieß es eben, weil es sich ziemlich schmal – gerade mal so ca 4,5m breit sich über drei Geschosse nach oben wand und das bei einer Tiefe von ca 20m – da war „Raum" zu spüren.

Es sollte allerdings noch viele Monate dauern, bis ich mal den Spitzboden - das oberste Geschoss - mit dem kaputten Dach inspizieren konnte.

Vom EG ins OG gab es keine Treppe mehr und die alte Stiege ins Dach war nicht mehr begehbar, so dass man sich anfangs mit Leitern behelfen musste.

Aber was für eine Freude, dass der vordere Teil des Steindachs zur Straße hin noch so gut erhalten war, dass wir nach der ersten Reparatur über 20 Jahre nichts daran machen mussten. Das war aber eine der wenigen „Dachausnahmen" und betraf leider nur den vorderen Teil dieses einen Daches.

Wenn man allerdings den Blick um 180 Grad geschwenkt hat in Richtung des nach hinten unten abfallenden Gartens sah man sich dem freien Himmel gegenüber, dort wo eigentlich Dach und Wände hätten sein sollen.

Sparren und Pfetten ragten wie abgebrochene Riesenzahnstocher in die Luft, teilweise behangen mit altem Heu, dazwischen wild zusammengewürfelt Steine, Putzbrocken und alte Latten, die früher mal das Haus waren.

Am höchsten Punkt des Eigentums stehend und den weiten Blick in die Landschaft genießend, war das Chaos zwar ersichtlich, aber mit dem unzähmbaren Willen etwas „machen zu wollen" nicht direkt spürbar – zumindest am Anfang...

Den ersten massiven Eindrücken dieser Art folgte eine harte Ernüchterungsphase, die mich aber nicht wirklich bremste.

Die Erfahrungen aus dem „Altbauleben" in D und meine ungebändigte Kraft, „auszusteigen", um mein eigenes Paradies zu schaffen, waren einfach zu groß. Ich war damals 39 Jahre alt und ich kannte nur ein Ziel – nach vorne, weiter!

Meine liebe Frau intervenierte immer wieder zaghaft, hatte aber keine Chance. Ich war zu stark und sicher auch in gewisser Weise zu egoistisch.

Aber Erkennntnis ist ja bekanntlich der erste Weg zur Besserung und vielleicht profitieren heute andere in meiner Umgebung davon. Davon, dass ich in der „Jugend" Vieles nicht richtig gemacht habe – oder besser hätte machen können – und daraus gelernt habe. Gegenseitige Rücksichtnahme gepaart mit dauernder Kompromissbereitschaft sind ja wichtige Themen in einer Partnerschaft.

Und dass es weiter gehen muss.

Stillstand durfte nicht sein und hätte gewissermaßen den Tod bedeutet.

Und wenn ich daran denke, ist es wohl richtig, sich zu behaupten, sich vielleicht auch zu messen - an sich selbst - und da muss es halt nach vorne gehen, wenn man etwas will.

Oder gab es vielleicht etwas in der Jugend, was einen dazu quasi aufforderte, etwas zu beweisen -

besser zu sein, wirklich besser zu sein, anstatt nur immer zu reden, zu behaupten und zu phantasieren?

War die Mutter mit ihrer grandiosen Einbildung und großer Unkenntnis eine Triebfeder für diese Haltung?

Aber immer ein Stückchen besser zu werden, in Vielem, was man tut und kann – das könnte ja auch ein Lebenssinn sein.

Um es vorweg zu nehmen, hatten meine Frau und ich nach den gröbsten Arbeiten den größten Spaß und im Grunde genommen hatte auch sie sich schon immer so ein freies und unabhängiges Leben in der Natur gewünscht.

Hinter dem Turmhaus mit der seitlich angrenzenden Scheune begann nun das eigentliche Grundstück. Der obere erste Teil war recht eben, rechts an der Grenze zum Nachbarn hin gab es die Bruchsteinmauer mit dem Holzzaun und davor die Zisterne mit dem Rund.

Das Rund haben wir aus statischen Gründen und einer Stein-Glashaus-Idee gebaut. Die hintere Verlängerung des Turmhausgiebels auf der Nachbarseite bestand aus einer zusammen gefallenen Mauer.

Der Länge nach maß sie sicher 20m und brauchte dringend statische Unterstützung. So wurde die Mauer wieder aufgebaut und zum Grundstück hin mit einem turmartigen dreiviertel rundem Abschluss mit einer Höhe von ca 3 - 4m schräg nach oben führend versehen. Es sah aus, als wäre da mal ein Turm gestanden. Eigentlich war geplant, ein Kegeldach aus Glas darüber zu bauen, aber dieses Vorhaben wurde nicht mehr realisiert.

Es gab ausreichend andere Bauerfolge. Anschließend an unser "Rund" wurde eine Zisterne zum Regenwasser sammeln gebaut.

Steine lagen genug rum, wir hatten unerschöpfliche Massen zu Verfügung.

Die Mauerhöhe dieses Steinbehälters betrug ca 1,5m und hatte ein Fassungsvermögen von ca 12.000 Litern.

Alte Steinrinnen aus einer Scheune in D führten quer übers Grundstück - von einem kleinen Teich mit Springbrunnen unterbrochen - zum Brunnen vorm Weinkeller neben dem Hühnerstall. So entstand ein kleiner Wasserkreislauf durch eine Pumpe angetrieben. Das leise Plätschern steigerte die angenehme Atmosphäre noch mehr.

Dieser obere Teil wurde unser Akazienwäldchen. Es wurden mehrere Akazienbäume gepflanzt und wir hatten große Freude an der duftgeschwängerten Luft, wenn wir aus dem Engelstor kamen und in den Garten gingen. Die schweren süßlichen Düfte der Akazienblüten erfüllten den ganzen Raum und begleiteten uns bis hinter die Mauer zum folgenden Abschnitt, auf dem unser Wohnwagen stand und sich unsere Feuerstelle befand.

Dieser Abschnitt auf dem Gelände maß etwa 12m in der Breite und ca 20m in der Länge. Genug Platz, um später einen Teich für unsere Enten und Gänse zu bauen.

Der nächste und letzte Teil war ca 50m lang und fiel so stark ab, dass wir zur Überwindung des Geländeunterschieds fünf Treppenstufen aus alten Sandsteingewänden einbauen mussten.

Daneben entstanden eine Mauer und unser Gartenbrunnen mit einer Fläche von ca. 5m ^{2} und einer Tiefe von 1,80m. Dieser Brunnen wurde mit dem Wasser der Zisterne gefüllt und bot neben Abkühlung für Herr und Hund vor Allem Unterschlupf für zig Molche, Frösche und war das ideale Bassin für Schlangen.

Damals gab es die noch in größerer Anzahl und wir hatten regelmäßig Besuch von über 2m langen Äskulapnattern. Diese scheuten sich auch nicht als hervorragende Kletterer bis ins Dachgeschoss vorzudringen, um dann dort wieder in irgendeiner Mauerritze zu verschwinden....

Die schöne Sandsteintreppe zwischen Gartenbrunnen und Stützmauer, vor der der Kompost eingerichtet wurde, war der eigentliche Beginn des Gartens.

Quer - auf natürlich selbst gebautem festem Fundament - stand unser Gewächshaus mit einer Länge von ca 5m. An der rechten Giebelseite wuchs jahrelang ein riesiger Rhabarber, den wir von einem

Künstlerehepaar aus D mitsamt einem riesengroßen Ganter, Adi genannt, geschenkt bekommen haben.

Links davon - in Fortsetzung des Gartenbrunnens führte der Weg hinab zu unseren verschiedenen Kräuter- und Gemüsebeeten.

Neben dem Weg wuchsen Mirabellen- und Zwetschgenbäume, die wir selbst gezogen haben. Dazwischen gab es Stachel- und Johannisbeeren in rot und schwarz. Und neben dem Gartenbrunnen gab es noch ein Wasserhahn für trocken Zeiten, um sich Hände und Gesicht zu waschen und lange war ein ausgeklügeltes Bewässerungssystem für das Gewächshaus dort angeschlossen.

Den unteren Abschluss des Geländes bildeten ein besonders fruchtbarer Quittenbaum, der uns riesige Früchte schenkte und ein Birnbaum. Auf der rechten Seite pflanzten wir noch drei Apfelbäume mit alten Sorten und zwei kleine Birnbäume.

Davor stand ein Himbeerbeet mit schmackhaften großen Früchten. Gerade im unteren Teil des Gartens wuchs alles besonders gut, weil sich hier besonders fruchtbare Erde quasi aufstaute.

Auf der Gartenbrunnenseite schloss sich das Grundstück unserer Nachbarin an.

Da sich niemand um Grenzen scherte, war es auch unsere Aufgabe, unseren Grundstücksverlauf festzulegen. Es kann sein, dass sich irgendwo Pflöcke von der Landumlegung und Grundstücksvermessung befanden. Ganz so sicher ob des tatsächlichen Verlaufes war sich niemand. Auf alle Fälle wollten wir unseren Grund befestigen und dies geschah durch einen massiven Eisenzaun mit geschmiedeten spitzen Eisenstäben, die aus einer Villa aus Süddeutschland stammten.

Der Transport dieser wertvollen Fracht war eine von unzähligen Fuhren, die uns mit Material aus D versorgten. Später dann wurde dieser Zaun mit Rebstöcken bepflanzt und für den Nachtisch war immer ausreichend gesorgt. Auf der anderen Seite trennte der Bauer seiner Kühe und Bullen wegen mit Pflöcken aus Akazienholz und dem damals üblichen "file barbelée", dem Stacheldraht, unser Grundstück von dem seinen.

5 - Zustimmung zum neuen Objekt

Schwierig, schwierig, aber vielleicht war die verhaltene Zustimmung meiner Frau, dem Umstand geschuldet, dass wir damals noch nicht verheiratet gewesen waren.

Um evtl. vorhandene Ängste absicherungstechnischer Art aus der Welt zu schaffen, heirateten wir denn auch bald nach unserem gemeinsamen Coup und so war wenigstens theoretisch eine gewisse wirtschaftliche Versorgung gegeben.

Als Schütze hat man lebenslang Probleme mit der Diplomatie und so gelang es mir nicht so leicht, mit viel Feingefühl und Charme meine Zukünftige ins Märchenbild von romantischer Ruine mit 100%iger Originalsubstanz zu versetzen.

Voller Begeisterung überschüttete ich sie überfallmäßig mit meinem Ruinen-Adrenalin.

Eine wirkliche Chance hatte sie nicht. Auch die Idee, man könne ja erst mal nur ein Zimmer oder so herrichten und alles andere so lassen, war nicht unbedingt bejahungsfördernd.

Immer wieder dachte ich daran, wie es wohl gewesen wäre, wenn ich diese Ruine ihrem eigenen Schicksal überlassen hätte. Meiner Frau wäre es wahrscheinlich nicht wirklich besser gegangen, weil sie nach restaurierter Ruine alles das bekam, was sie sich immer vorgestellt hatte.

Ein nicht bürgerliches freies Leben mit vielen Tieren in freier Natur, mit eigenem großen Garten, der uns selbst ernähren würde und ein Frieden außerhalb einer Gesellschaft, in der ausgeprägte Individuen wie wir es waren, nur mit großen Abstrichen und Zugeständnissen leben können.

Auch sie war geprägt von einer kleinstbürgerlichen Erziehung, unter der sie sehr litt. Der Drang zur Freiheit und zum eigenständigen Leben war auch bei ihr groß.

Sie liebte in ihrer Jugend schon Pferde und sie saß so oft wie es möglich war, im Sattel und war draußen. Ihre Schwester war die Brave, die alles der Spießermutter recht machen wollte und eher nach Chanel N° 5 duftete, als wie meine Frau nach Pferd.

Insofern war unser Reich genau das Richtige für sie, auch wenn es mit ungeheuer viel Arbeit und einem unverhältnismäßig hohem Maß an Initiative, Motivation, Körpereinsatz und psychischer Anforderung verbunden war.

Kurzum - sie machte mit und spendierte sogar ihren Wohnwagen, der nicht viele Kilometer weiter auf einem Campingplatz stand, als unsere erste Bleibe.

An eine bescheidene wie auch immer geartete Unterkunft in den Häusern selbst zu glauben war vorerst eine große Illusion und es dauerte zwei volle Jahre, bis wir die Gemäuer leer- und ausgeräumt hatten und an einen konstruktiven Ausbau überhaupt erst mal denken konnten.

Damals gab es noch das Büro in D in Süddeutschland und so pendelten wir hin und her, meistens mit einem voll beladenen Hänger, um Baumaterial aus den alten Häusern, die wir dort instand setzten, in das noch ältere zu fahren.

Das heißt, dass wir auch nicht immer auf- und ausräumen und aufbauen konnten, wir mussten eben auch noch arbeiten.

Oftmals fuhren wir dann noch spätabends nach getaner Arbeit im Büro auf unsere Baustelle in F und je nach Hängergewicht kamen wir nach ein paar Stunden an.

6 - Balance und Mosthof

Die „Besitznahme" und Demonstration unserer Präsenz wollten wir auch nach außen hin zeigen. Dadurch, dass die Dorfbevölkerung uns nicht gerade liebte, war es doppelt wichtig für uns, dass wir uns „behaupteten" und unseren Willen und unsere Entschlossenheit bekundeten.

So kam ich auf die Idee, eine Art Skulptur an die Hausecke zu hängen. Der Ausleger von einem alten Vordach war als Haltekonstruktion ideal und ich schweißte aus alten Eisenteilen eine "Balance" - eine Waage zusammen.

Diese sollte dann auch eine Verhältnismäßigkeit und Gerechtigkeit in allen Dingen symbolisieren.

Bis zum Verkauf blieb dieses Sinnbild hängen und hat den einen oder anderen sicher zum Nachdenken angeregt.

Einen anderen Versuch einer solchen Symbolik unternahm ich im Mosthof.

Das war der kleine Platz links vorm Turmhaus vor dem kleinen Rundtor neben der großen Scheune.

Hier wurde später Wein und Most gepresst und deswegen war dies unser Mosthof.

Es war mir ein Bedürfnis, dem einfachen aber doch sehr sinnvollen und früher notwendigen handwerklichen Leben mit Hand und Hirn einen Platz und eine sichtbare Bedeutung zu schenken.

So entstanden zwei Skulpturen. Die eine bestand aus einem etwa 3m langen Rohr mit einem Durchmesser von 6cm. Darauf schweißte ich eine alte leere Fliegerbombe aus dem 1. Weltkrieg, die wir im Stall fanden.

Und zwar umgekehrt, so dass die Spitze im Rohr steckte und die Öffnung nach oben zeigte. Um diesen Bombenboden von ca 15cm befand sich ein Ring aus einem Flachstahl, der mittels dreier Rundeisen an das Rohr schräg nach unten geschweißt wurde. Es entstand eine Art Fassung für einen besonders schönen etwa einen Zentner schweren Kalkstein, den wir auf diesen Reifen hievten, so dass eine seiner spitzen Ecken auf dem Rohr aufsaß und von dem Ring gehalten wurde.

Es sah aus wie ein gefasster Diamant.

Das andere Teil, dass ich direkt daneben auf die Mauer schraubte, bestand aus einem breiten Flachstahl als Teil eines stilisierten Unterarmes, auch schon angerostet und oft benützt und am oberen Ende formte ich aus verschiedenen Eisenteilen, alten Spitzeisen und Rundstäben eine Hand.

So entstand eine Hommage an Kopf und Hand, wertvolle Werkzeuge, die ein Mensch hat, natürlich abgesehen von seinem Hirn, ohne das eh nichts funktioniert.

Der oben thronende Stein symbolisierte das Hirn und die Hand daneben als ausführendes Instrument waren die Grundelemente bei unserem Schaffen in unserem neuen Heim.

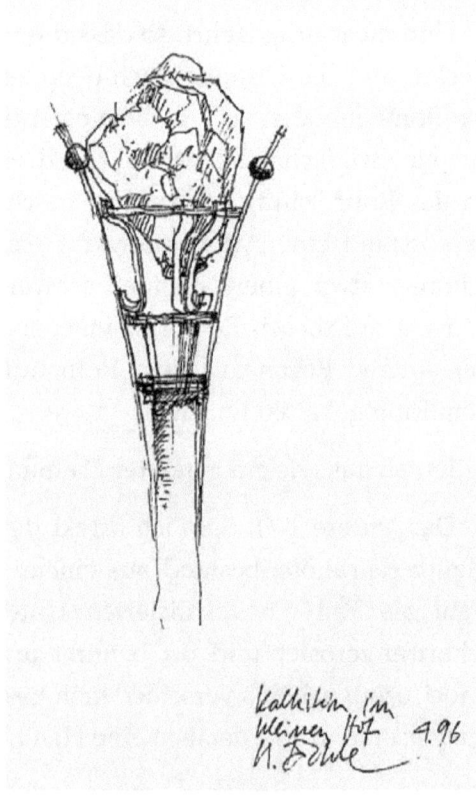

Kalkstein im
kleinen Hof 9.96
N. Böhle

Diese Teile gehörten einfach zu dem Gut, waren wesentliche Zeichen des zu neuem Leben wieder erweckten alten Gemäuers und wir ließen die Teile nach dem Verkauf auch hängen.

Ob die Nachfolger den Sinn dieser Stücke begriffen, ist nicht sicher, konnte uns aber auch gleichgültig sein. Es war ja unseres.

Ein bedeutender Gedanke galt mit diesem kleinen Kunstwerk meinem heute 98-jährigen Vater, dem mit 21 Jahren 1941 beim "Unternehmen Barbarossa" kurz vor Moskau in den Ellenbogen geschossen wurde. Das Geschoss explodierte und so musste meinem Vater der Arm unter grausamen Bedingungen in einem Feldlazarett abgenommen werden. Dieses furchtbare und abscheuliche Erlebnis begleitete unseren Vater, dessen Handicap aber nie ein Thema war, sein Leben lang.

Für uns als Kinder war es "normal".

Mir aber als derjenige, der handwerklich begabt war und viel mit seinen Händen praktisch bewerkstelligte, war es immer Mahnung zur Vorsicht und Achtung.

Oft dachte ich an ihn, wenn ich wie selbstverständlich meine Kalksteine vermauerte oder eine alte Wand verputzte. Das Bedienen von Maschinen,

das man nur mit zwei gesunden Händen bewerk-
stelligen konnte, war für mich durch diese Art von
besonderem "Handbewusstsein" nicht nur gottgege-
ben. Ich hütete meine wertvollen Instrumente wie
meinen Augapfel und bis auf ein paar Messerwun-
den oder blaue Flecken blieb alles heil - toi toi toi.

Als ich mich als 16-jähriger einmal beim Sense
dengeln so in die Knochenhaut am rechten Zeige-
finger schnitt, dass ich noch heute immer mal wie-

der durch die Narbe und einen stechenden Schmerz
daran erinnert werde, wird mir wieder ganz schnell
bewusst, wie gut man sich in einem gesunden Körper fühlen darf.

7 - Wohnwagen – Solardusche – Adam und Eva

Eine der ersten Aktionen war, dass wir unseren Wohnwagen fest auf dem Grundstück installierten.

Mit Hilfe des Sohnes des Vorbesitzers, der so freundlich war und uns Deutschen half, bekamen wir mit einem Traktor und nach Fällen kleiner Bäume den Transport zum geplanten Standort hin.

Als Planer vorausschauend gedacht, platzierten wir das Teil so perfekt – im späteren oberen Garten und direkt neben unserer lebensnotwendigen Feuerstelle - dass es seit damals keinen Zentimeter von seinem zugewiesenen Ort weichen musste. Ein einfaches Vordach mit Zeltstangen und fachmännischer Abspannung musste vorerst genügen.

An einem kleinen Baum daneben hingen wir unsere Solardusche auf, die über die ersten zwei Sommer ihren einfachen und doch so wichtigen Dienst zu unserer vollsten Zufriedenheit erfüllte. Ein Gartenschlauch versorgte uns provisorisch mit Wasser zum Kochen. Zum Entwässern hatten wir genug Raum um den Caravan herum.

Das Gartengelände war ca 20m breit und 100m lang und teilte sich in drei etwa gleich große abgetreppte Bereiche auf, wobei das zweite von den Häusern her gesehen leicht abfiel und das dritte untere nur über eine Treppe – die wir später mit dem Gartenbrunnen daneben eingebaut haben - mit 5 Stufen einigermaßen kommode erreicht werden konnte. Es bot sich daher irgendwie an, diesen na-

türlichen Absatz zum Einbau einer Entsorgungsein-
richtung für menschliche Abfälle zu benutzen.

So baute ich ein Plumpsklo aus den alten roten
Sockelbrettern aus dem unteren Haus. Es war herrlich anzusehen und strahlte hinter der alten Mauer
zur Geländeabfangung hervor. Natürlich ohne Türe
– da weit und breit außer den Kühen, die direkt daneben weideten – keine Menschenseele war.

Der ungehinderte freie Blick in die schöne Landschaft mit saftigen Wiesen und weichen Hügeln
machte jedes Geschäft an diesem Ort zum einzigar-
tigen Erlebnis.

Nachdem Wohnwagen und PC standen, wurde
vor dem Vorzelt die Feuerstelle eingerichtet, die
Quelle für köstliche Gerichte wie Lammkeule und
Gänsebraten – in Gänze selbstverständlich.

Die romantischsten Zeiten in meinem Leben habe
ich wohl an diesem Feuer mit meiner lieben Frau
verbringen dürfen. Nächtelang saßen wir bei Mondschein an diesem wahren Platz, Mutterseelen allein,
nur begleitet von Kühen, die – damals noch nicht
durch einen Zaun getrennt - direkt neben uns lagen
und Menschennähe und Feuerwärme mit genossen.

Der Anblick wiederkäuender Kühe, der angenehme Geruch der Tiere, die dampfenden Mäuler
mit den immer feuchten Schnauzen – in der dunklen
Nacht, nur vom Mondschein hell erleuchtet …….

Es war das Paradies.

Es war die Liebe, die uns umfing und ein bis dato ungekannter Frieden, der uns in Besitz nahm.

Alle Sorgen und Probleme dieser Erde verschwanden und es war so, als wären wir Adam und Eva.

8 - Die ersten Schafe – Rippi, Parki, Schorli und Schorline

Da der Vorbesitzer nicht wissen konnte, wer sein altes Anwesen erwirbt und ob er es überhaupt los bekommt, wurden von ihm auch keine Grenzen abgesteckt. Es blieb uns dann überlassen, es zu markieren und unser Eigentum abzustecken.

Weil wir vom Freund des Bauernsohnes etwas angesteckt wurden, waren wir ganz wild darauf, unseren „Hof" mit Tieren zu bevölkern. Er hatte Schafe und wir wollten unbedingt auch welche haben. Und er wollte uns gerne welche verkaufen.

Deswegen war eine weitere frühe Aktion, das Gelände erst einmal einzuzäunen.

Aus dem chaotischen „Fundus" waren auch noch brauchbare Zaunpfähle übrig, die wir mithilfe von Hugo und Eduard, den beiden treuen Helfern, in die Erde brachten.

Hier lernte ich den „Massè" kennen, einen riesigen Holzhammer, der so schwer war, dass man ihn kaum heben konnte. Er bestand aus einem ca 25cm starken runden Hartholzstück, das – damit es nicht auseinanderbrechen kann – wie bei einem Fass mit zwei Eisenbändern zusammen gehalten wurde.

So wie er aussah, wurde er auch schon kräftig benutzt und seine Schlagflächen sahen stark malträtiert aus. An den Rändern franzten Holzfasern raus wie schlecht gebürstete Haare bei einer Puppe.

Durch sein Gewicht jedoch hatte man ungeahnte Erfolge, wenn man ihn mit seiner enormen Masse zentrisch auf den Pfahl sausen ließ.

Wie dort üblich, spannte man Stacheldraht dreimal übereinander, es war das Einfachste, das Schnellste und das Billigste - und auch das Wirkungsvollste, wenn auch nicht gerade das Angenehmste für Tier und Mensch.

Niemand der Bauern dort sah darin weder eine Verletzungsgefahr noch die Möglichkeit einer Alternative - es machten alle so.

Kaum war der Zaun fertig, gingen wir ins Nachbardorf, um uns zwei Mutterschafe jeweils mit Lämmern zu holen.

Eduards Mutter nahm die Sache in die Hand und brachte uns am nächsten Tag in einem „Quatrelle" die Tiere. Das war ein Renault R4, so ein kleiner Kombi in ca-Smart-Größe. Und alle 4 Schafe waren im Kofferraum!

Ja, es waren vier Schafe und es war uns ein Rätsel, wie die Vier ins Auto gekommen sind und darin überhaupt Platz gefunden haben.

Wir hatten ja keinerlei Erfahrungen auf diesem Gebiet und es war uns unerklärlich, wie man so mit Tieren umgehen konnte. Wir haben im Laufe unserer Land-Zeiten dann aber sehr viel gelernt und ehrlich gesagt, würde ich heute ohne Skrupel noch zwei Schafe dazu packen.

Es wäre auch ok gewesen und keines der Tiere wäre zu Schaden gekommen.

Unwissend, dass Schafe immer dort hin zum Fressen gehen wollen, wo sie nicht hin sollen, mussten wir mehrmals auf Verfolgungsjagd gehen, weil uns die Wolle-Fässer ausbüchsten. Dies trug zur großen Schadenfreude der Dorfbevölkerung bei, die uns belächelten ob unserer Unkenntnis.

Geholfen hat uns niemand. Wir schleppten unsere ausgebrochenen Muttertiere zurück und zerrten sie an Schnüren wieder zu uns in den Garten. Die Jungen folgten leinenlos.

Im Zuge dieser Einsätze lernten wir die unterschiedlichen Charaktere dieser Tiere kennen, so dass wir sehr schnell zu den Namen kamen.

Die eine wurde „Rippi" getauft und die andere „Parki", weil sie ständig mit dem Kopf wackelte. Rippi war ein echtes Ripp, sie hatte eine besondere Art, ihre Sympathie uns als Ausländer – wahrscheinlich kam erschwerend hinzu, dass wir aus D kamen - zu zeigen.

So schnaubte sie bei unserem Erscheinen und hüpfte von allen Vieren auf einmal auf alle Viere auf einmal. Es sah so witzig aus, wie dieser Koffer sich gleichmäßig nach oben riss und sich mit einem schnaubenden Pfiff wieder auf alle Füße gleichzeitig begab. Rippi war der lebende animalische Ausdruck von Hass und nicht leiden können. Und dabei haben wir ihr nie etwas angetan.

Den einen kleinen Bock nannten wir „Schorli", weil er mir einmal sehr interessiert über einen längeren Zeitraum beim Schorle trinken zu sah, seine weibliches Pendant nannten wir einfacherweise „Schorline".

Leider mussten wir feststellen, dass Parki wirklich etwas Krankes an sich hatte und so reklamierten wir bei der Nachbarin, die daraufhin täglich mit einer Riesen-„Piqûre" kam.

Weiß der Teufel, was die in die Parki gespritzt hat, aber irgendwie wurde das Schaf etwas zahmer und wir haben uns dann nach einer mehrwöchigen Behandlung mit dem Zustand zufrieden gegeben.

Und Hauptsache war, dass wir Tiere hatten, was sich auch meine Frau immer so gewünscht hatte. Sie war viele Jahre in einer Uni-Klinik beschäftigt und musste unter anderem mit Tieren „arbeiten". Diese Arbeit widersprach ihr eigentlich sehr und sie litt jahrelang unter dem, was sie eigentlich nie machen wollte.

So entstand nach und nach unser „Reich"

9 - Mauerkollaps - Engelstor

Die Häuser und Scheunen waren nun leer und man sah überall hin an das verwahrloste Elend.

Eines Abends, als wir todmüde in unserem neuen Dorf ankamen, spürte ich bei Anblick des offenen Himmels über den zusammengefallenen Dächern eine Veränderung, die ich nicht mehr konkret als solche erkennen und registrieren konnte.

Es war nur so ein Gefühl.

Am nächsten Morgen dann sah ich die Bescherung. Die hintere Mauer der zwischen den Wohnhäusern gebauten Scheune war auf ihrer gesamten Länge von ca 12m eingestürzt.

Das Phänomen war mir aus dem Denkmalschutz und der Hausforschung, mit der ich mich damals beschäftigte, unter dem Begriff "klassischer Mauerkollaps" bekannt. Es passiert, dass eine ganze Mauer - ohne große Ankündigung sozusagen - plötzlich umfällt.

Dass mich nun persönlich der Mauer-Schlag getroffen hat, konnte ich zuerst nicht fassen. Ohne diesen Zusammenbruch und dem damit verbundenen notwendigen Wiederaufbau wären das "Engelstor" und mein kleiner Gewölbeausgang zu meiner Außen-Werkstatt jedoch nicht entstanden.

Es hatte also auch etwas Gutes an sich, dass man wieder von vorne beginnen musste. Es entstanden wieder Spielräume für neue Ideen.

Insofern bin ich im Nachhinein dankbar, dass wir auf diese spektakuläre Weise zu dem neuen Genuss kamen, den wir jedes Mal empfunden haben, wenn wir durch dieses Tor gingen.

Durch unser neues Tor wurde die dunkle Scheune gut belichtet und wenn wir aus dem Dunkeln nach hinten auf das Grundstück traten, kam uns der helle Himmel entgegen. Deswegen nannten wir es auch „Engelstor".

Die selbst gepflanzten Akazien erfüllten mit ihrem intensiven Duft den Raum, der Anblick der neu gemauerten Sandsteine aus D mit den alten Telegrafenmasten, die im oberen Teil des Grundstücks als "Schutzwall" in die Mauern eingelassen wurden, war eine immer wiederkehrende angenehme Empfindung beim Durchschreiten dieses Tores.

Verstärkt wurde das Erlebnis durch vier breite Stufen vorm Engelstor von der als Fahrzeug-Unterstellplatz genutzten Scheune. Man erklomm quasi den Genuss, der einem dann entgegenkam.

Ursprünglich gab es in dieser kollabierten Mauer über die gesamte Rückseite des Hauses nur zwei kleine Durchgänge, durch die man kaum hindurch kam und zwei kleine Fensteröffnungen mit Schießscharten ähnlichen schrägen Leibungen.

Für die neuen Rundbogentore in Garage und der späteren Holzwerkstatt mussten dann entsprechende Halbrund-Schalungen gebaut werden, was einen großen Spaß bereitete. Nachdem die Gewände des Durchgangs neu hoch gemauert wurden - alles natürlich mit dem vorhandenen Material aus den schönen gelben Kalksteinen - wurde die rundgewölbte Schalung, die den schönen Rundbogen darstellte, in die Mitte gestellt. Das Gewölbe wurde mit besonders schönen Steinen gemauert und durch das Setzen des Schlusssteines ganz oben in der Mitte fertiggestellt. Gerade das Setzen dieses oberen Steines war ein besonders Erlebnis, weil beim Entfernen der Schalung das Gewölbe sich dann quasi selbst trug. Der Schlussstein gab den Druck dann „weiter".

Neben dem Rundbogen für das Engelstor wurde noch ein kleineres in der daneben liegenden Werkstatt gebaut, aus der man einen Zugang nach außen zu einem kleinen Platz schuf, der die Außen-Werkstatt genannt wurde und in der ein alter Schmiedeschraubstock mit seinem Fuß auf dem Boden stand - so groß war er. Er ermöglichte das Arbeiten draußen an der frischen Luft und ich erinnere mich, wie ich bei minus 10 Grad Celsius irgendwelche Stahlteile da draußen mit meiner Flex bearbeitete.

Die Mauer war nun wieder hergestellt, so dass man mit dem Bau des Daches beginnen konnte.

Übrigens gibt es noch heute einen Teil dieser Engelstorschalung und erfüllt ihren Dienst als Vogelhaus perfekt.

10 - Traktor Lanz - John Deere die erste Fahrt

Nicht nur weil wir eigene Holzöfen, sondern auch Ackerbau und Viehzucht betreiben wollten, musste entsprechend schweres Gerät her.

In der Nähe des Kaiserstuhls wohnend, konnten wir von entsprechendem ausgedientem aber noch funktionierendem Equipment der Winzer und Bauern profitieren.

Neben einem starken Traktor war ein großer sogenannter Brückenwagen mit zwei Achsen und mindestens 5m Länge unabdingbar.

So begann die Suche zuerst nach einer kräftigen Zugmaschine. Bald wurde die auch gefunden und so wurden wir stolze Besitzer eines froschgrünen Lanz - John Deere-Traktors, der TÜV hatte, noch zugelassen war und mit seiner Ackerschiene - das ist die Hydraulik zwischen den beiden Hinterrädern - alle unsere Erwartungen und Anforderungen zu unserer vollsten Zufriedenheit erfüllte.

Ein passender Anhänger wurde auch bald gefunden und das Gespann für unsere "Mini Exploitation agricole" war komplett.

In Frankreich passende Landmaschinen zu finden war aussichtslos und wir dachten noch nicht einmal daran, uns mit den heruntergewirtschafteten und ungepflegten Maschinen auseinanderzusetzen oder einen Versuch zu wagen, Kontakte diesbezüglich zu knüpfen.

Da gab es weit und breit nichts einigermaßen Passables. Wie die Bauern mit ihren abgewrackten Maschinen überhaupt noch zu recht kamen, war uns oft ein Rätsel.

Zum Glück gab es einen Hang im Dorf, wo manche der Traktoren abgestellt wurden. So sparte man sich eine neue Batterie, weil man den Traktor den Berg herunter rollen und mit eingelegtem Gang die Kupplung kommen ließ. Der Motor sprang auch so an und die Ausgaben konnten gespart werden.

Als Planer und immer Vorausschauender ging es jetzt natürlich darum, einen möglichst effektiven Transport zu uns nach F zu organisieren.

Nachdem unsere Materialliste abgearbeitet und der Anhänger geladen war, ging's dann vom deutschen Baumarkt Richtung neues Zuhause.

Bei einer Höchstgeschwindigkeit von knapp 25km/h, einem vollbeladenen Gespann und einer Reise von mehreren hundert Kilometer war dies schon ein sehr ambitioniertes Unterfangen. Am Anfang, als es noch nicht regnete und auch noch nicht stürmte, ging es noch.

Als der Wetterumschwung aber derart aus den Fugen glitt, das ich kaum noch etwas sah, glich meine Fahrt einer Tortur größeren Ausmaßes - ganz abgesehen von durchnässter und bis auf die Haut aufgeweichter Wäsche.

Ca 50km vor unserem französischen Wohnsitz überholte mich meine Frau mit dem Auto, die später aus D losfuhr, in der Annahme, ich hätte das Ziel schon längst erreicht. Ihre Anteilnahme war groß, als sie mich so mit dem Traktor zusammengeschweißt auf dem Sitz klebend vorfand.

Die mit Folie geschützten Platten auf dem großen Hänger waren klatschnass und kaum mehr zu gebrauchen, weil sie von der Feuchtigkeit aufgequollen waren.

Meine liebe Frau fuhr denn nach Neu-Zuhause voraus und kam bald darauf mit einem Satz trockener Klamotten wieder zurück.

Auch wenn das Wetter nicht wirklich besser wurde, verhalf mir die trockene Wäsche zu ein paar angenehmeren Kilometer auf dem neuen Gefährt.

Eine Badewanne gab es damals noch nicht, aber diese Dusche, die ich nach meiner Ankunft genießen konnte, war sicher eine der aller besten in meinem ganzen Leben.

Und die Liebe zu meiner Frau wuchs gewaltig.

11 - Lizzi - Kauf in der Camargue

1991 erwarben wir die Ruinen und erst vier Jahre später konnten wir daran denken, sie mit noch mehr Leben zu füllen.

Was liegt da nicht näher, als an einen Hund zu denken. Als alter Terrierfan - wir hatten schon ganz früh mal so ein Geschoss in der Familie - war denn die Wahl auch klar. Da wir aber keinen aus einer Zucht haben wollten, suchten wir lange nach einer anderen privaten Quelle.

Auf einer Reise durch Frankreich machen wir in Arles in einer typischen kleinen Bar Halt. Durch Zufall fiel uns ein Hebdo - so eine Art Wochenblatt der Region - in die Hände.

Und im Anzeigenteil fanden wir:

'Terrier 5 chiots, né 02.02.1995 a vendre'.

Durch unsere spärlichen Sprachkenntnisse gehemmt, baten wir die Barbesitzerin, doch mal bitte da anzurufen, was sie auch bereitwillig machte. Kaum verbunden, drückte sie mir den Hörer in die Hand und dann stand ich da mit meinem Latein.

Irgendwie kam eine Art Verständigung zustande und eine Adresse, die sich allerdings noch 150km von unserem Pastis entfernt, mitten irgendwo in der Camargue befand.

Egal - der Terrierwunsch war groß und man witterte eine besondere Gelegenheit, was sie auch zweifellos war, wie sich bald herausstellen sollte.

Der Pastis war schnell alle und auf ging's in die Camargue. Nach langem Suchen und vielem Fragen fanden wir dann das „Mas", wie man zu einem abgelegenen Gehöft in der Camargue sagt. Völlig abseits gelegen von üppigen Schilfwäldern uneinsehbar umgeben und so versteckt, dass es nur mit Mühe und angeborenen Spürsinn entdeckt werden konnte.

Das Areal bestand aus der kleinen schäbigen Hütte der Fischerfamilie und einigen kleinen Nebengebäuden und einem riesigen eingezäunten Gehege mit den Abmessungen von ca 20x20m und einer Höhe von vielleicht 10m. In diesem Riesenkäfig, in dessen Mitte sich eine Art Teich, der eher einer stinkigen dreckigen Pfütze glich, befanden sich zig, wenn nicht Hunderte von Enten.

Und vor der Cabanne, der lang gestreckten niedrigen Hütte standen bestimmt 5 oder 6 große Limousinen mit Pariser Kennzeichen 75. Wie sich später herausstellte, kamen die Herren aus der großen Stadt zur "Jagd". Und dies geschah auf folgende Art:

Die Herren standen mit ihren Gewehren schuss-
bereit vor dem Gehege und auf Kommando öffnete
der Fischer einen Teil des Käfigs, aus dem dann
auch standepete sofort einige Enten flüchten wollten.

Ein leichtes Spiel dann für die Herren Jäger, die
gnadenlos in den aufsteigenden Schwarm ballerten.
Der Erfolg war gewiss aber für uns an Dekadenz
und an Widerlichkeit nicht zu übertreffen.

Der Fischer stand siegesgewiss vor seinem Haus
und freute sich über die zahlungskräftige Kund-
schaft.

Er hatte etwas von einem kraftvollen Riesen, obwohl er eher einem Zwerg gleich sah. Im Verhältnis
zu seiner Höhe war er viel zu breit.

Sein Hauseingang glich einem zu engen Rahmen
für seine ausgeprägte Statur.

Mit diesem Arrangement dieser menschlichen
Entgleisung, den Protzkarrossen vor der ärmlichen
Hütte und den miesen Typen aus Paris war uns unser Anliegen erstmal in weite Ferne gerückt, da wir
damit nichts zu tun haben wollten.

Wenn da nicht Lizzi gewesen wäre.

Vor einem kleinen halb zerfallenen Hundehäuschen lag eine Kiste, in der unser Hund stand. Mit seinen zwei Vorderpfoten stand er hocherhobenen Hauptes und begrüßte uns mit einem zaghaften aber doch entschiedenen "Wuff", als müsste er alles hier beschützen und verteidigen.

Mit seinem Alter von 4 Wochen ein hehres Ansinnen, das noch nicht richtig gelang, uns aber voll in seinen Bann riss. Große Diskussionen waren nicht erforderlich, die Entscheidung war bereits gefallen.

Die anderen vier tapsten irgendwo völlig verdreckt in der Gegend rum und interessierten sich nicht für den Besuch. Lizzi war eine Hündin und von der Zeichnung her die hellste von allen fünf. Sie hatte ein weißes Fell und zwei fast gleich große nierenförmige graue Flecken auf ihrem Rücken.

Sie war wunderschön, was sich noch im Laufe ihres Wachstums steigerte. Später wurden wir oft angesprochen, ob wir den Hund verkaufen würden - sie wurde heiß begehrt!

Auf alle Fälle eroberte sie unsere Herzen wie im Sturme, wie sie da so in ihrer Kiste stand mit ihrem naiven Terrier-Baby Gesicht und ihren schwarzen Knopfaugen.

Ein Geschöpf zum Knuddeln.

Yippie, die Terriermutter, kam irgendwo aus dem Schilf mit noch einem anderen Terriergefährten. Wie wir erfuhren, gingen die Hunde regelmäßig auf Biberjagd, die es da ‚en masse' gibt. Da die Biber mit ihren großen Hauern sehr ernst zu nehmende Gegner sind, hatten die Terrier nicht nur Spaß beim Jagen.

Und so sahen sie denn auch aus. Blutig gebissen, mit hängenden Köpfen, schwer geschlagen und am Ende ihrer Kräfte. Und Yippie, Lizzis Mutter sah nach ihrem Kampf mit den Bibern eher einer abgewrackten Pennerin vom Montparnasse gleich, denn einer Terrierdame aus der Camargue.

Und die Gerüche - wieder tat sich eine Welt auf mit ihrem so großen Reichtum.

Es waren nicht nur die eindringenden Düfte von Schilf und Bambus und Kräutern wie Thymian, Estragon, Majoran und Lavendel. Es war auch der Gestank von stehenden Gewässern, in denen Tiere verendeten. Und die Entenzucht vom Fischer hatte da eine ganz besondere Note. In der Fischerhütte selbst kam einem der Geruch von feuchten Mauern und Schimmel entgegen, gemischt mit kaltem Rauch und geschwärzten Kalkwänden. Auch wenn nicht alle Düfte angenehm waren, nahm man sie wahr als wesentlichen Bestandteil dieser einmaligen Situation.

Da man Welpen mit einem Alter von weniger als 10 Wochen nicht von der Mutter trennen sollten, bezahlten wir unseren "Chiot" sofort, um ihn dann später abzuholen. Wir ließen uns noch einen der Brüder "reservieren", da wir uns noch überlegen wollten, ob wir diese tolle Quelle nicht "ausnutzen" sollten. Zumal ja auch zwei Hunde in unserem Reich genug Platz gehabt hätten und zwei Hunde sind allemal besser als nur einer. Der Deal war perfekt und wir freuten uns riesig über unseren gelungenen Kauf.

Als wir dann 6 Wochen später extra in die Camargue fuhren, um unseren Hund abzuholen, war alles geheimnisvoll still und leer. Nach eindringlichem Rufen kam der Sohn des Fischers mit unserer Lizzi im Arm und übergab sie uns. Weder andere Hunde noch ein anderer Mensch waren sonst zu sehen, ein paar Enten waren noch da, sonst gab's nichts mehr, als wäre alles ausgestorben. Es gab auch keinen Terrierbruder mehr, alle anderen Welpen waren verkauft und wir taten gut daran, unseren Hund gleich bezahlt zu haben. Immerhin hatten sie dieses Tier für uns zum Glück aufgehoben!

Jahre später erfuhr ich bei einem Besuch in der Camargue auf dem kleinen Gut, dass Yippie mit 5 Jahren an Lungenwürmern gestorben ist. Einen Tierarzt zu konsultieren oder sich gar um die Gesundheit der eigenen Tier zu kümmern, kam den einfachen Leuten nicht in den Sinn. Die Natur gilt alles und so war es dann auch.

Mai 2000

12 - Decken bauen - Opi

Eine der wichtigsten Baumaßnahmen war die Wiederherstellung der Decken.

Bis auf das untere Haus gab es keine begehbaren Böden, die Decken waren zusammengefallen. Zum Glück waren die Deckenbalken aus Eiche und da genug Luft an das Holz kam, waren die von der Statik her betrachtet - trotz ihres erbärmlichen Aussehens - noch in Ordnung.

Die Spitzhammerprobe mit kräftigem Schlag ins Holz, die lose Rinde weggebeilt, ergab den tauglichen Grund für neues Schaffen. Auf beiden Seiten Bretter angelascht, um eine neue Ebene herzustellen, ein Zwischenboden mit selbstgefälzten Brettern auf Dachlatten befestigt, ein Ölpapier dazwischen gelegt - und schon waren die Voraussetzungen für eine "biologische" Zwischendeckendämmung geschaffen.

Natürlich hatten wir einen großen Anspruch, was die Verwendung natürlicher und schadstofffreier Produkte anbelangte und so wurde das Baumaterial nicht behandelt oder wir mixten uns nach alten historischen Rezepten Farben für die Wände. Dazu sumpften wir u.a. Kalk in große 100-Liter Tonnen ein und "löschten" den Kalk über viele Monate bzw. noch nach Jahren griffen wir immer wieder auf unseren Fundus zurück. So stellten wir unsere eigenen

Kasein-Cocktails mit Eigelb, Leinöl und gelöschtem Kalk her.

Aus dem Hauskauf von einem Maler in D hatten wir ein großes Fass mit Leinöl und so war die Produktion für Jahre hinaus gesichert. Im Übrigen wird das wertvolle Gut noch heute zum Bretter streichen und zur Holzkonservierung verwendet.

Die auf eine Fläche von ca 300m² hergestellten Deckenfelder harrten nun der sinnvollen Füllung - doch was gab es damals an "natürlicher" Dämmung? Für Hanf, was es schon gab, waren die Höhen für eine wirksame Dämmwirkung zu gering, Glas- bzw. Mineralwolle wollten wir nicht und so entschieden wir uns für Blähton. Das sind runde gebrannte Tonkügelchen „terre cuit" mit Lufteinschluss.

Eine neue organisatorische und logistische Herausforderung war nun das Besorgen derselben und der möglichst sinnvolle und erfolgreiche Transport in die verschiedenen Geschosse der Häuser.

Als Planer immer vorausdenkend, was auch noch immer passieren könnte und wie wertvoll denn später einmal eine zu Wohnzwecken ausgebaute Scheune sein könnte, wurden natürlich alle vorhandenen Decken zum Auffüllen vorbereitet inkl. altem Hühner- und Kuhstall.

Die Aufgabe bestand also darin, auf eine Häuserbreite von ca 18m und einer Tiefe von ca 20m über zum Teil drei Geschosse die Deckenfelder aufzufüllen. Aus D kam dann ein Silo-LKW mit der gewünschten Fracht. Senkrecht ließ der Fahrer das Silo hochfahren - das war so eine Röhre mit fast 3m Durchmesser und einer Länge von mind. 12m. Viele lange Schläuche hatte er dabei und so wurde über den ganzen Tag das "biologische" Material in die Deckenfelder geblasen. Was für ein Akt!

Die Reparatur der Decken war eine große Aufgabe, die ohne die Mitwirkung von Opi nicht durchführbar gewesen wäre. Opi hieß eigentlich Peter, war ein Freund von zwei Helfern und kam einmal in den Ferien mit, um mitzumachen. Er war Schreiner und kannte sich mit alten Maschinen aus.

Und nur, weil er so alt aussah, nannten wir ihn "Opi". Er war ein liebenswerter Kerl mit einem herzlichen Lächeln, er war immer freundlich und gut gelaunt. Er kannte kaum ein Wort Deutsch und wenn er etwas anders machen sollte, wie eigentlich von ihm geplant, sagte er: 'Ullich damm nein', was bedeutete 'so nicht, Ulrich'.

Viele Bretter waren nötig, um die Deckenfelder zu bauen und später die Böden zu belegen. Ohne eigene Maschinen ging hier gar nichts. So erwarb ich in D eine alte massive Guss-Kreissäge mit Lang-lochbohreinrichtung und Oberfräse, mit der nur Opi wirklich gut umgehen konnte. Vielleicht hatte er seine Schreinerausbildung an so einem Dinosaurier-Gerät gemacht, es war eine glückliche Fügung.

Maschine und Opi passten wunderbar zusam-men. Voller Tatendrang standen wir dann gemein-sam an der Maschine und fälzten die Bretter für die Decken. Damit kein Dreck herunterrieseln konnte und eine besserer Verbund erzielt werden konnte, erhielten die Bretter der Länge nach einen Falz, der für jedes Brett aus beiden Seiten hergestellt werden musste - eine Heidenarbeit. Aber selbst ausgesucht, selbst entschieden und selbst gemacht - das war das Prinzip.

Opi war auch derjenige, der mit der Erfahrung des Älteren und des Könners gemeinsam mit uns den Riesen-Holzbalken, der später wieder den First tragen sollte, aufstellte. Ohne seine durchgreifende Tatkraft hätte es sicherlich noch lange Zeit das offe-ne Dach gegeben.

Bei dem wichtigen Holzstück handelte es sich um einen Eichebalken, mit einem Querschnitt von ca 30x30cm und einer Länge von vielleicht 6m. Schon beim Anblick und dem Gedanken, das Teil bewegen zu müssen, verblasste man.

Nur mit Körperkraft, dicken Seilen und drei Mann - auf Deckenbalken balancierend - wurde das Ungetüm irgendwie hochgehievt und senkrecht aufgestellt, damit es für viele Jahre seinen Dienst erfüllen konnte.

Das war Opi.

13 - 32t Steine aus D

Wie gesagt, hatten wir unsere Baustellen schon in D, auch alte Hütten, mit denen sich nur ein Liebhaber alter Gemäuer mit dem unwiderstehlichen Charme von Individualität und Handwerkskunst, ein Altbau Besessener, herumschlägt.

Die Teile, die wir da fanden und die alten Baumaterialien, die wir dann dort nicht mehr verwenden konnten oder wollten, wurden für uns in F zum passenden Fundus.

Neben alten Deckenbalken fiel u.a. der gesamte Sandsteinboden einer Scheune mit ca 100m ^{2} an. Es handelte sich dabei um massive Platten mit einer Stärke von ca. 12cm und einer Fläche von etwa einem halben bis einem ganzen Quadratmeter.

Unmöglich damals, sie in einen Neubau zu integrieren, waren es jedoch ideale und super geeignete Beläge für unsere weitläufigen Verkehrsflächen mit den Wegen und Plätzen in unserem neuen Zuhause in F.

Um das Sandsteinplattenbodenerlebnis noch zu steigern, wurde die wertvolle Fläche verdoppelt, indem sie von einem nahe gelegenen Steinmetzbetrieb der Länge nach zersägt wurden. So hatten wir viele Quadratmeter, um einen deutlichen Beitrag zu unserer neuen Bodenkultur schaffen zu können.

Es entstanden später wundervolle Ebenen, die jedes Mal beim Darübergehen Freude bereiteten und ein gutes Gefühl gaben. Viele beneideten uns darum.

Neben diesen Sandsteinplatten gab es jede Menge Bruchsteine aus dem Scheunenabbruch, die nicht für Geld in D auf einer Deponie landen mussten, sondern von uns geachtet und in F zur Erfüllung neuer Dienste verwendet wurden.

Der oberste Teil unseres Grundstücks war relativ eben, wobei zum oberen Nachbarn hin ein kleiner Hang mit einem Höhenunterschied von 1,5m war.

Um uns hier deutlich abzugrenzen, bauten wir nach dem "Rund" eine Mauer aus diesen mitgebrachten Steinen und so ergaben sich ca 50 laufende Meter mit den Sandsteinquadern, die sich auf der einen Seite an das Backhäusle des Nachbarn anschloss. In der Mitte bildeten sie einen Durchgang zum unteren Grundstück und führten auf der anderen Seite bis hin zur selbstgebauten Zisterne.

Diese sammelte das Wasser aller Dächer und versorgte uns mit ihrem Fassungsvermögen von 12.000 Litern ausreichend mit dem kostbaren Gut. Für die

Gärten, für die Hunde zum Baden und um die Pilze in den Baustämmen zu wässern. Außerdem hatten die 2 m langen Äskulapnattern, die uns regelmäßig besuchten, ausreichend Platz zum Schwimmen.

Diese tonnenschwere Steinlast konnten wir natürlich nicht mit unserem Anhänger transportieren und so brauchten wir die Hilfe eines großen 32-Tonnen-LKW - Gespanns.

Mit Bagger im kleinen Städtchen in D geladen, kamen dann die zwei Jungs mit LKW und großem Hänger voll beladen bei uns in F an. Hier gab es keinen Bagger und deswegen viel Ärger, weil wir gemeinsam die riesige Last von Hand abladen mussten. In dieser Umgebung einen Bagger zu organisieren, war eine mittlere Doktorarbeit, wie ich dann später feststellen konnte.

Kurzum, irgendwie haben wir es geschafft, der Unmut von Fahrer und Beifahrer, die mithelfen mussten, war aber deutlich spürbar.

Und wieder kam das Gefühl, das sich gelegentlich einschlich.

Oft gelang man durch die außergewöhnlichen Aktionen in Situationen, in denen man von den anderen, die daran teilnehmen mussten, zutiefst gehasst wurde.

Schlussendlich ging es immer nur ums Geld, eine Anerkennung für die große Leistung, etwas Besonderes zu machen, gab es nie. So sagte einer der Beiden, er würde lieber Klo putzen, als so ein Scheiß - wie wir es taten- zu machen.

Im Grunde war es eine Mischung aus Neid und Hass, ein Statement der eigenen Unfähigkeit, weil ihm solche Unternehmungen zeitlebens verschlossen blieben.

Zugegebenermaßen muss nicht jeder so was machen und können schon gar nicht, aber mehr Respekt vor der Potenz und Kraft anderer wäre - wie so oft - angebrachter gewesen.

Mit solcher Haltung konfrontiert war es doppelt schwierig, sich zu behaupten und es ging nur, weil man vom Sinn seiner Aktionen immer „überzeugt" war.

Anders zu sein, sich mit anderen Herausforderungen zu messen, eigene Objekte zu kreieren und mit großer Kraft sich Ungewöhnlichem zu widmen, das war eben mein Ding und gar nicht mit den Langweilern, den Einfallslosen und Schwachen kompatibel. Egal, der Wille war stärker als alle Hürden, die man nehmen musste.

Im Anschluss an die Zisterne wurde dann die Mauer gebaut, den oberen Teil mithilfe von zwei Freunden aus Polen, die über Jahre hinweg in den Ferien immer ein paar Wochen bei uns verbracht haben.

Den unteren Teil habe ich alleine gebaut und zwar mit einer integrierten Schweinetränke, auch aus Sandstein, die sich wunderbar einfügte. Mit einer alten Zimmermannswinde, die ich von einem Schrottplatz besorgte, hievte ich solche schweren Teile - alleine - an Ort und Stelle. Die eine oder andere Nische gab es auch, worin später Keramikfiguren, Hundeleinen, Krüge und Steintöpfe mit Blumen oder eine Flasche Wein standen.

Um unsere Befestigung noch deutlicher zu manifestieren und zu steigern, unsere "cloture" sozusagen, kam es wie gerufen, dass beim Nachbarsohn ein großer Haufen alter Telegrafenmasten rumlag. Sie waren zwar völlig überteuert, erfüllten aber ihren Zweck super, ganz direkt und einfach. Sie lagen "sur place" und brauchten quasi nur noch aufgestellt werden. So steckte ca alle 2m ein vielleicht 5 - 6m hohes Rundholz in der Mauer und so war unser "Fort" perfekt. Unser uneinnehmbares Reich wuchs damit ein großes Stück weiter und gewann immer mehr von unserer angestrebten Qualität.

Kaum war die obere Mauer fertig, hatte der Nachbar nichts Besseres zu tun, als aufzufüllen. Da wo früher ein kleiner Hang war, ging es nun eben in seinen Garten und wenn dann seine Frau im Garten arbeitete, hatten wir mehr oder weniger interessante Einsichten. Was uns so störte, dass wir auf die Mauerkrone eine Bretterzaun mit 2,50m Höhe bauten - dann war der Sichtschutz perfekt.

Dieser Zaun bot die ideale Ausstellungsfläche für Kupferfiguren und Skulpturen, die später dann in der Werkstatt und im Atelier entstanden. Außerdem hingen die Eichenstämme für die Pilze davor.

14 - Agathe und Adi - 51 Eier

Von einem befreundeten Künstler-Ehepaar aus D bekamen wir den Riesenrhabarber und einen Ganter geschenkt. Eine wunderschöne perfekt gezeichnete Gans hatten wir schon auf dem Wochenmarkt gekauft und der Ganter war die richtige Ergänzung - so dachten wir anfangs…. Sie hieß Agathe und ihn - unseren Riesenganter - nannten wir Adi, warum auch immer. Er war ein übergroßer Gänserich, vor dem jeder erzitterte, wenn man ihm zu nahe kam.

Er stürzte sich sofort auf einen und breitete seine riesengroßen weißen Schwingen aus. Man hatte mehr als Respekt vor ihm. Es war das Paar A&A.

So schön wie unsere Gans war, so fruchtbar war sie auch.

Wir hatten einen kleinen Teich für die Tiere gebaut und die etwa 10m² Wasserfläche bot genug Platz zum Schwimmen und ein bisschen Tauchen.

Adi war denn auch ob seiner schönen Agathe immer wieder sehr aktiv und Agathe fing an Eier zu legen. Wir freuten uns riesig über den bald zu erwartenden Nachwuchs und sahen unsere Wiesen voller kleiner gelben Gänslein und unterhielten uns schon über Prägung und wie wir es wohl anstellen könnten, das eine oder andere auf uns zu fixieren.

Aber es dauerte nicht lange, bis sich unser Traum von Gänse- Nachwuchs in Wohlgefallen auflöste.

Agathe legte ein Ei nach dem anderen und hatte Mühe, ihre Erfolge abzudecken und zu wärmen. So wurde der Eierhaufen immer größer und nachdem sie 51 - in Worten einundfünfzig - Eier gelegt hatte, konnten wir diesem Schicksal nicht länger zuschauen und nahmen ihr die Eier weg.

Natürlich hatten wir uns vorher erkundigt und so schmerzlich die Aktion auch war, es war wohl das Beste für Gans und Mensch.

Da wir immer viel Eier hatten, die von Hahn Henrys Hühnern, einem kleinen doppelt zähen Superhahn, stammten, kam meine Frau auf die Idee, doch selbst kleine Küken aufzuziehen, damit wir auch immer frische Hühnchen zur Auswahl hatten.

So kauften wir uns einen Brutapparat und für meine geschickte Frau war es ein Leichtes, unzählige Tiere schlüpfen zu lassen. Zu diesem Gerät gehörte eine Art Durchleuchtungsvorrichtung, mithilfe man erkennen konnte, ob die Eier auch mittels des sogenannten Hahnenpicks befruchtet waren.

Dieses Gerät half uns dann auch bei der Aufklärung von Agathes Supergelege. Kein einziges der 51 Eier war befruchtet - Adi war zwar ein riesiger Gansmann, aber impotent!

Das war eine herbe Enttäuschung, wo wir uns doch so gefreut hatten.

Viele solcher und so ähnlicher Erfahrungen lernte einen das Leben Dinge von einer ganz anderen "natürlichen" Art und Weise kennen zu lernen. Warum sollte es denn zwischenmenschlich immer funktionieren, wenn selbst der „Natur draußen" so mancher "Fehler" widerfährt.

Wenn es nun nichts wurde mit den vielen Gänsekindern, unser Terrier hatte doppelt Spaß mit den Gänsen.

Er war terriermäßig rotzfrech und schon als heranwachsender Welpe ziemlich mutig. Er stürzte sich mit seinem noch hundekindlichen Kläffen auf den großen Gänsemann, um ihn zu verjagen.

Was der sich jedoch nicht gefallen ließ und mit seinen weit ausladenden großen Schwingen dem Terrier versuchte, eins zu wischen. Der kehrte in seiner Attacke so plötzlich und laut winselnd wieder um wie er seinen Angriff startete. Auch wenn er sicher Respekt vor dem großen Tier hatte, machte es dem kleinen Hund einen Riesen Spaß, diese Spiel mehrfach zu wiederholen.

Es gab ein lustiges Bild ab, wenn Lizzi Anlauf nahm und voller Mut auf die große Gans zustürzte und quasi im Moment des Angriffs schon wieder angsterfüllt kehrt machte.

Wir amüsierten uns köstlich, zumal es auch für unseren fetten Blindgänger auch eine sportliche Abwechslung war.

15 - Alle 9e - Henry

Für die eigene Eierproduktion war das Halten von Hühnern selbstverständlich. Wir hatten zu den sicher 10 Prachtexemplaren einen sehr verantwortungsbewussten Hahn, den wir Henry tauften und zwar weil er so aussah. Er stammte von einer kleinen Zwerg-Rasse -„nains" genannt ab, weswegen er wahrscheinlich „zum Ausgleich" so aktiv und fürsorglich war.

Wenn er einen Wurm oder etwas anderes Fressbares in der Erde fand, lockte er seine Frauen mit einem deutlich hörbaren „Pick-Pick" an die Stelle seines Fundes und ließ ihnen mit dem Fressen Vortritt. Das war sicher auch der Grund, warum er immer so schlank war.

Er hat einen herzzerreißenden Hahnenschrei „Hattadidededit" und man hatte immer den Eindruck, dass er durch besondere Leistungen - auf allen Gebieten - seine kleine Größe wett machten wollte.

Mindestens dreimal entkam er dem Fuchs, der unser Hühnergehege immer mal wieder besuchte und trotz hermetischer Abriegelung ein Schlupfloch fand oder sich eines machte.

Unser Hahn hing dann tagelang halb tot rum, mit blutigem Gefieder, raffte sich aber immer wieder auf und versorgte seinen Harem ordentlich. Manchmal ließen wir die Hühner auf ihren Eiern sitzen und so

kam es, dass eine davon mit einem Schlag neun Eier ausbrütete, was nicht gerade wenig ist.

Aber irgendwie verstanden sich unsere Hennen so gut, dass die überforderte Mutter von den anderen Hilfe bekam.

Zwei von den Hühnern hatten es ganz besonders auf unsere Wurst abgesehen und so waren sie, wenn wir draußen frühstückten, immer um uns rum.

Die eine nannten wir Schwarzwurst-Frieda und die andere Leberwurst-Amalie und sie flogen aus dem Stand ca 2m hoch, um an die begehrte Beute zu gelangen.

Wir hatten mit unseren Hühnern viel Freude und waren entzückt über ihr eigentlich ruhiges und friedliches Wesen.

und alle 6 putzmunter!
24.02.96

103

16 - Holz - 25 Lose

Für uns damals etwas Besonderes war die Tatsache, dass jeder Bürger von unserem kleinen Weiler, dem "Hameau" das Recht hatte, etwas vom Gemeindeholz holen zu dürfen. Im Grunde waren es die Kronen der großen Eichen, die beim Fällen übrig blieben und die Bäume, die zu krumm gewachsen waren, als dass man sie hätte gut verkaufen können.

Die Gemeinde hatte sehr viel Wald, fast ausschließlich Weißbuche und Eiche, also Harthölzer, die zum Verbrennen eigentlich viel zu schade waren. Aber da wir ja nur das Abfallholz - bis auf die "petits pieds", wie die kleineren nicht zu verkaufenden Bäume genannt wurden, bekamen, war es eigentlich egal und wir freuten uns über das Luxusholz. Diese "kleinen Füße", wie es übersetzt heißt, waren denn schon mal ausgewachsene Bäume mit einer Höhe von bis zu 12m und mehr. Für jemanden, der noch nie Bäume gefällt hatte und auch dafür keinen Lehrmeister hatte, war es anfangs nicht einfach, damit umzugehen.

Vor allem mussten wir als "Neulinge" uns mit den Gebieten abgeben, in die der ältere Teil der Dorfbevölkerung nicht mehr so gut hinkam.

Das hieß, am schrägen Hang liegende, heruntergestürzte Baumkronen mit Durchmessern bis 10 m und mehr mussten mit Kettensäge und Axt so transportfähig gemacht werden, dass man sie zu dem irgendwo sicherer in der Nähe stehenden Traktor mit dem Holzwagen schleppen konnte - von Hand - versteht sich.

Insgesamt hatte die Gemeinde ihren Wald in 25 Lose aufgeteilt und jedes Jahr kam ein neuer Abschnitt dran. Das bedeutete, dass jeder Waldteil 25 Jahre Zeit hatte, um wieder nachzuwachsen und mit frischem Holz zu neuer Ernte bereit war.

Später wurde das gerechtere Losverfahren eingeführt, bei dem man auch die Chance hatte, leichter zu bearbeitende Gebiete zu ziehen. Wir hatten dabei mehrfach Glück und hatten es dadurch aber nicht leichter im Dorf.

Wir waren und blieben eben "Les Allemands".

Zwei Bürgermeisterperioden später holte dann kaum mehr einer aus der Gemeinde Holz. Zum einen waren die Einwohner im Durchschnitt über 75 Jahre alt und hatten die dafür erforderlichen Kräfte nicht mehr, außerdem hatten die meisten eh eine Ölheizung - schon immer gehabt - und das Holz wurde immer schlechter.

Viele Bäume waren krank, die großen Eichen und Buchen alle gefällt, die Zeichen einer kranken Natur waren unübersehbar.

17 - Nora Mäusejäger

Jagdhund Terrier Lizzi entwickelte sich prächtig, auch wenn der Tierarzt bei der ersten Impfung gegen alle möglichen Krankheiten feststellte, dass der Hund einen leichten Herzklappenfehler hatte. Die Alternative war entweder lebenslang jeden Tag eine Tablette schlucken oder einfach so probieren.

Wir waren für die Selbstheilungskräfte der Natur und entschieden uns für das medikamentenfreie Hundeleben. Und immerhin hat es 15 Jahre lang gehalten.

Meiner Frau als die eher Sanfte und gefühlsbetonte Weichere von uns lag der doch sehr charaktervolle deutlich starke Jagdhundwille mit seiner dauernden Präsenz und Kraft nicht so sehr und sie wünschte sich einen ruhigeren Ausgleich.

So gab es denn interessante Gespräche über die Charaktereigenschaften von Hunden und den Vergleich bzw. Deckungsgleichheiten bei uns selbst.

Anhand der Auseinandersetzungen mit diesem Thema wuchs man auch irgendwie, weil es erforderte, Eigenschaften zu benennen und zu definieren, immer auch auf der Suche nach etwas Passendem oder einfach nur des eigenen Bewusstseins wegen.

Es war eine durchaus anregende und fruchtbare Möglichkeit einer persönlichen Entwicklung - ohne Uni, mitten auf dem Land.

Einen Hund bei einer Züchterei zu kaufen, kam ebenso wenig in Frage, wie ein im Tierheim gestrandetes Tier aus Mitleid mitzunehmen.

So dachten wir zumindest am Anfang.

Der Größe des Herzens meiner Frau wurde ich wieder gewahr, als sie bei dem Tierheimbesuch mit so einem rosa Knäuel um die Ecke bog. Ich wartete irgendwo, weil ich das Elend - zumindest in diesem Tierheim - nicht ansehen konnte.

Das kleine nackte Etwas war wohl ein Hund und gerade mal drei Wochen alt. Wie so oft, wie uns die Heimbetreiber erzählten, wurden unerwünschte und ungeliebte Hundebabies einfach vor dem Heimeingang abgelegt. Hier war es besonders schlimm, weil der Welpe aus einem fahrenden Lastwagen geworfen wurde und dann von einem hilfsbereiten Passanten im Heim abgegeben worden war.

Der Anblick dieses hilflosen Fleischknäuels, das gerade mal die Augen ein bisschen offen hatte, schürte nicht nur ein grenzenloses Mitleid, sondern erfüllte uns mit Zorn gegen diese seelenlosen Typen, die mit einem Geschöpf so umgingen.

Und was für ein liebenswertes und wertvolles Geschöpf unsere Nora später wurde. Sie machte uns viele Jahre große Freude und wurde wie dann unser Struppi sehr alt. Sie wurde zwar nicht 23 Jahre, aber immerhin 22 Jahre alt, was wirklich sehr viel ist für so ein Tier.

Sie war ein Mischling aus Spitz und vielleicht Schäferhund, rabenschwarz mit einer weißen Blässe auf der Brust - genau in der Mitte. Und nicht so groß.

Meine Frau hatte im Rahmen ihrer Tätigkeit in der Forschungsabteilung der Universität im Bereich Hirnforschung die sehr schwierige und für sie äußerst unangenehme Aufgabe, Tierversuche durchzuführen.

Das war ihr zutiefst zuwider und nur durch die Vorteile, die ihr dieser Job verschaffte, hielt sie durch. So war sie eingebunden in ein hochqualifiziertes Gremium, von deren Persönlichkeiten sie begeistert erzählte und sicher sehr viel lernte.

Im Grunde aber war ihr die Arbeit als große Tierfreundin nicht auf den Leib geschnitten und sie war mehr als heilfroh, als sie die Arbeit aufgeben konnte, um mir dann ersatzweise im Büro zu helfen. Das Nora-Erlebnis im französischen Tierheim kam ihr dann auch gerade recht, weil ich den Eindruck hatte, dass sie etwas gut machen wollte und hier die Möglichkeit hatte. So, wie sie schon früher immer wieder Igel zu sich genommen hatte, um sie vor dem sicheren Tod im Winter zu bewahren.

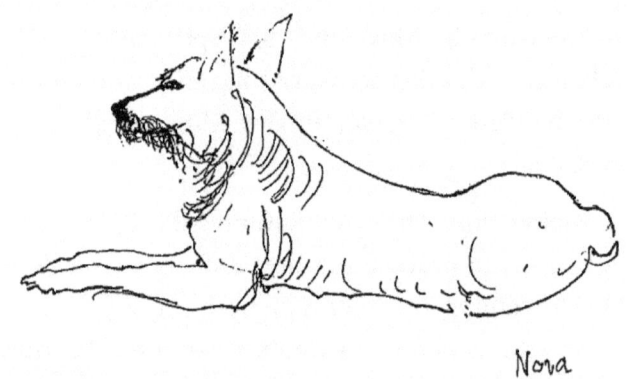

Nova

Und so vergrößerte sich unsere Hundefamilie, was unserem Terrier als ausgeprägtem Alpha-Tier zuerst gar nicht gefiel. Als sich der neue Hund als Hütehund entpuppte, war die Hundefamilie nachhaltig gestört.

Ein Terrier will jagen und ab in die Pampa, eine Nora war damit beschäftigt, meine Frau und mich fortlaufend in die Fersen zu beißen, um uns wieder zusammen zu bringen, wenn wir mehr als 2m weit auseinander liefen.

Immerhin hat die Lizzi der Nora das Mäusejagen beigebracht und es war köstlich, den beiden zuzuschauen. Nora war wieselflink und fing meistens die Mäuse, die versuchten, aus einem mehrere Meter entfernten Mäuseloch zu entfliehen, wenn der Terrier mit dreckverschmierter Schnauze die Erde in Stücke riss und sich sicher 20 - 30 cm in die Erde zum Mäusenest vor grub. Nicht umsonst heißt ein Terrier so - kommt von lateinisch „terra", die Erde.

Als dann später der dritte Hund, unser Struppi mit von der Partie war, war der Mäusefang ein leichtes Spiel und keine Maus hatte nur eine Chance.

Der Terrier war hier die treibende Kraft, aber die anderen machten immer voll mit, wobei die Nora als Schnellste die gefasste Beute mit hoch erhobenem Kopf vor sich her trug. Doch oft währte dieser stolze Beutegang nicht lange, weil der Terrier hier das Sagen hatte und der Nora "ihren" Fang abgejagt hat.

Es war ein sehr effektiv arbeitendes komplettes Team, obwohl jedes beteiligte Tier einen anderen Charakter hatte. Die Jagd auf fette Beute schweißte sie aber fest zusammen.

Nach unseren täglichen Spaziergängen in die wunderschöne unberührte Natur-Landschaft mit herrlichen Ausblicken in die Eichenwälder und die sanften Hügel der Region mussten wir dann unsere Tiere regelmäßig einer größeren Wäsche unterziehen.

Sie waren völlig versaut, aber es machte ihnen eben einen Heidenspaß auf Mäusejagd zu gehen. Und wir hatten auch unsere große Freude daran.

Und in der großen Badewanne in unserem Hundebad hatten wir keine Mühe, sie ordentlich abzubrausen.

18 - Ofenbau

Immer weiter wuchs unser neues Heim und wir hatten jede Menge zu bauen, einzurichten und zu gestalten. Viele Ideen und Gedanken sammelten wir, machten unzählige Skizzen und Pläne und waren der kreativen Aktion voll verschrieben.

Von großer Bedeutung war die Art der Beheizung und es lag nahe, dass wir uns für den Brennstoff Holz entschieden, weil wir die Quelle ja in nächster Nähe hatten.

Bis auf die offene Feuerstelle am Boden, auf der bis zuletzt noch gekocht wurde, gab es in der Tat keine Möglichkeit zu heizen. Die Temperatur der Kühe vom direkt an die Küche angrenzenden Stall war früher genug Wärmequelle, um das ganze Haus zumindest einigermaßen zu temperieren.

Also nichts für uns, weil keine Kühe.

Ofenbau war nun schon wieder ein neues Thema, das aber großen Spaß bereitete, weil man nicht nur handwerklich äußerst geschickt sein musste, sondern auch einiges an Theorie wissen musste. So war es je nach Ofenart von größter Wichtigkeit, die aufeinanderfolgenden sogenannten Züge in einem immer größer werdenden Querschnitt zu bauen, damit der Ofen eine Art eigene Dynamik, was den Rauch-

abzug anbetraf, entwickeln konnte. Bei gleich großen Zügen wäre der Rauchstau vorprogrammiert
gewesen.

Monoxid-Vergiftungen mit bis zum Tod führen-
der Qualität hätten die Folge sein können.

Einen wunderschönen grünen Grundofen baute
ich in meinem eigenen ersten Haus in D ab und stu-
dierte genau die Konstruktion.

Mit einer kleinen Skizze vom Ofen und den Teilen, sowie Kennzeichnung der einzelnen Kacheln,
musste die Konstruktion ja gelingen. Zum Wiederaufbau waren dann noch spezielle Schamottesteine
und ein besonderer feuerfester Mörtel nötig, die in
D aber bald besorgt waren. So was in F zu bekommen, schien damals unmöglich.

Selbst um für uns normales Baumaterial zu kaufen, mussten wir kilometerweit fahren, um dann -
wenn wir überhaupt etwas gefunden haben - zu
überhöhten Preisen einzukaufen. Infrastrukturell
waren wir im Niemandsland gelandet.

Der Ofen bestand aus sieben Ebenen. Zuerst kam
ein Fundament, ein Sockel, der am breitesten war.
Die Abmessungen betrugen ca 50x80cm. Darüber
kam das Ascheabteil. Hier schob man den geleerten
Blechbehälter wieder rein und verschloss ihn mit

einem gegossenen Eisentürchen mit schönen Ornamenten. Darüber befand sich der eigentliche Brennraum, in dem man das Holz entzündete. Durch einen am Boden befindlichen Rost fiel dann die Asche in den darunter befindlichen Aschekasten. Darüber lagen nun fünf "Züge" mit den erwähnten unterschiedlichen Querschnitten.

Im zweitobersten auf der Rückseite steckte dann das Ofenrohr, das den Rauch zum Schornstein führte. Das oberste Geschoss war innen leer und diente nur der Wärmeabgabe. Es lud gesimsartig aus und bildete einen schönen oberen Abschluss.

In der vierten oder fünften Ebene gab es - mit einem kleinen gusseisernen reich gestalteten Türchen verschließbar - eine Ablage, um darin etwas warm zu halten.

So entstand dann unser erster Ofen in unserem Wohnzimmer und wir waren stolz und zufrieden, dass wir das so gut hinbekommen haben. Er verrichtete ohne Reparatur oder sonstigen Mangel seinen Dienst in all den Jahren, in denen wir ihn benutzen durften.

Ein zweiter nicht ganz so schöner Ofen derselben Bauart wurde in der danebenliegenden Küche aufgebaut, so dass die Wärmeversorgung im Erdgeschoss gewährleistet war.

Im Schlafzimmer im Obergeschoss, das wir nur selten beheizten, stellten wir der Einfachheit halber einen kleinen Guss-Ofen auf, der seinen Zweck voll erfüllte.

Im oberen Haus jedoch gab es eine Besonderheit. Die alte Feuerstelle - auch auf dem Boden - hatte einen besonders schönen Rauchabzug aus massivem gestocktem Kalkstein. Wie ein großer Sturzstein kragte der massive Stein in den Raum. Da konnte man nicht nur ein kleines Öfchen darunter stellen, das schrie nach mehr und es wurde ein großer Brotbackofen gebaut.

Die gesammelten Erfahrungen beim Kachelofenaufbau halfen enorm und es machte wieder ein Riesenspaß, das Teil zu planen, entsprechende Skizzen und Details zu zeichnen und dann noch selbst zu bauen.

Spezielle Brotbacksteine aus großen Schamotteplatten und anderes feuerfestes Material inkl. des Spezialmörtels wurden in D besorgt und nach einiger Zeit der Durchtrocknung konnte ein erstes kleines Feuerchen gewagt werden. Und siehe da, es funktionierte alles einwandfrei. Der Rauch zog richtig ab, es gab keinen Rückstau und es war für uns ein toller Erfolg, dass dies nun auch so gut gelungen war.

Viele Abende saßen wir vor diesem Ofen und backten Brot oder unsere kleinen Pizzen. Wir hatten den Teig schon vorbereitet und formten auf einem rustikalen Holzbrett kleine Pizzarunds mit einem Durchmesser von vielleicht 10 - 12 cm.

Mit den unterschiedlichsten Zutaten, die bereit standen, konnten wir dann ganze Paletten von verschiedenen Pizzatypen ausprobieren. Angefangen von einer einfachen "Salami" über eine kleine "Quatro stagioni", eine schärfere „Tonno cipolla" bis zur reich belegten "Frutti di Mare", alles war da und wir schöpften aus dem Vollen.

Unsere Einigkeit und Einheit bestätigten wir durch Liedersingen am offenen Feuer. Die Feuerklappe war so groß, dass man das Gefühl hatte, man sitze vorm offenen Feuer, wenn man sie nur offenstehen ließ.

Meine Frau sang schon als kleines Mädchen im Chor und ihr Fundus an Liedern war unerschöpflich.

Wenn ich auch viele der Texte nicht kannte, sang ich so gut ich konnte mit.

Brotbackofen 17.09.93

Dieser Ofen war in seinen Abmessungen eigentlich viel zu groß, was aber den Vorteil hatte, dass man im Obergeschoss, in dem ich mein Arbeitszimmer einrichtete, so gut wie nie heizen musste.

Und trotzdem baute ich hier noch ein Prachtstück eines Pfeifenkachelofens auf, den ich jahrzehntelang mit mir herum schleppte. Er konnte zwar nicht in seiner ganzen Höhe aufgrund der zu niedrigen Decke aufgestellt werden, was aber nicht wirklich etwas ausmachte, da er auch so schon als wunderschönes Möbel wirken konnte.

Er stammte ursprünglich aus einem alten Fischerhaus am Bodensee. Dort durfte ich aufwachsen und war oft als Schüler bei dem Fischer und

Bauern, um beim Kartoffeln in den Keller räumen oder Most pressen zu helfen.

Damals musste er aus der Wohnstube weichen, weil eine neue Heizung eingebaut wurde und mein Vater nahm zuerst den alten Ofen in seine Obhut. Und irgendwie war ich dann derjenige, der sich um das originale Teil aus dem Jahr 1795 weiter kümmerte.

Er war rund und hatte dunkelbraune sogenannte Pfeifenkacheln und einen schönen angephasten Sandstein als Grundplatte mit einer Höhe von etwa 10cm.

Ursprünglich waren es dann sieben "Heizgeschosse", die von einer leicht auskragenden profilierten oberen Platte bedeckt wurden.

Auch dieses schöne Stück erfüllte immer seinen Zweck und sorgte für wohlige Wärme bis hin zum obersten Geschoss, in dem unser zweites Bett stand.

Hier befand sich einer der schönsten Räume in unserem Gut. Nicht nur weil er am höchsten Punkt lag, sondern weil man von hier aus einen weiten Blick nicht nur über das eigene Grundstück hatte, sondern auch über die weite schöne hügelige Landschaft der Region mit den weichen Laubwäldern und den vielen Bächen.

Zudem waren im Innern des Raumes als Pfetten für die Dachsparren massive Eichebalken mit großem Durchmesser, die wir sichtbar ließen, um uns an dem Anblick zu erfreuen. Wie sonst in fast jedem Raum gab es hier auch Wasser mit einem WC mit Waschbecken und sogar eine kleine Dusche unter der Dachschräge.

19 - Oh Chef - Maschin' kaputt

Gregor hieß er und war auch ein Bekannter aus der befreundeten Familie, die uns immer mal wieder vor allem bei den schweren Dingen wie Mauerbau, Dachstuhl aufrichten, Mauern verputzen usw. half. Er war besonders witzig und hatte immer so ein verschmitztes Lächeln auf dem Gesicht.

Zugegebenermaßen mussten die Jungs teilweise unangenehme Arbeiten verrichten, obwohl wir immer dabei waren und uns beispielhaft beteiligten, auch bei den größten Drecksarbeiten.

Eine davon war das Balken putzen. Der Jahre alte Staub musste runter, bevor man den Raum darunter einrichten konnte. Es half nichts, eine Drahtbürste, von Hand bedient, war das Gebot der Stunde. Es gab praktisch auch keine andere Möglichkeit, wollte man die Oberfläche der meistens handgebeilten Balken nicht unansehnlich machen und zerstören.

Dafür war eine Unzahl von Drahtbürsten erforderlich, die dann schon nach kurzer Zeit der Benutzung entsprechend aussahen.

Ich erinnere mich, wie eines Tags - ich war irgendwo in der Werkstatt - Gregor um die Ecke bog mit so einer Bürste in der Hand. Der Holzgriff war am oberen Ende abgeschliffen und von den Drähten der Bürste - frisch gekauft vielleicht 20 an der Zahl - waren 1,5 bis 2 halbe Reihen übrig.

Er grinste mich an und sagte: "Oh Chef, Maschin' kaputt".

Nicht immer ging es so lustig zu und ich erinnere mich, wie einmal ein zwar Bekannter, aber nicht unbedingt ein Freund der Familie bei uns war. Er war immer sehr traurig, weil sein Vater krank war und er darunter sehr litt.

Er war Kraftfahrzeugmechaniker und sollte sich einmal um meine weiße DS - einen Citroen - kümmern. Er baute den Vergaser aus und verwechselte beim Wiedereinbau die Düsen.

Es gab daraufhin eine Explosion im Motor mit einem verheerenden Kabelbrand als Folge, was mich monatelang zu komplizierten Reparaturarbeiten verdammte.

Mein Helfer war weg und er hatte keine Chance, seinen Fehler wieder gut zu machen.

20 - Pilzzucht - Shiitake

Besonders viel Freude machte die Beschäftigung mit der Selbstversorgung.

Meine Frau war darin eine große Meisterin und eine Liebhaberin von Natur und alles was damit zu tun hatte.

Als Standardwerk diente uns das Buch von John Seymour, einem Iren, von dem wir dauernd lernten. Es war unsere "Bibel" und wir lasen am Anfang jeden Tag darin.

Irgendwie kamen wir auch darauf, eigene Pilze zu züchten.

Da wir von der Gemeinde als Einwohner Holz holen durften, hatten wir wertvolles frisches Material, das für einen garantierten Erfolg unerlässlich war.

Dazu war entsprechendes Werkzeug erforderlich und wir kamen nicht darum herum, uns profimäßig einzurichten.

Dazu gehörten nicht nur eine starke Kettensäge, sondern auch der Traktor und der Brückenwagen, sowie ein spezieller Holztransport-Einachser, der zum Holz machen unentbehrlich war.

Das mit der eigenen Shiitake-Zucht war ein ganz besonderes Erlebnis, da es immer hieß, man könne keine Pilze züchten. Aber nach eingehendem Studium und frischem Pilzmyzel aus D ging es dann doch.

In frisch gefällte Eichenstämme wurden mit der Kettensäge halbstammdicke kettenbreite Lücken gesägt, in die das Myzel gedrückt wurde. Mit Folie dicht verschlossen, musste das Pilzgeflecht in den Baumstamm einwachsen.

Das dauerte etwa ein halbes Jahr.

Um die Bildung von Fruchtkörpern anzuregen, wurden die Stämme in unserer Zisterne gewässert.

Dann wurden sie mit einem schweren Hammer mechanisch angesprochen, in dem man kräftig drauf klopfte. Dadurch wurde das Wachstum angeregt und nach wenigen Tagen konnte man tatsächlich kleine Knoten, die wie kleine braune Samtkugeln aussahen, erkennen.

Die Stämme wurden an den Bretterzaun gehängt und nach wenigen weiteren Tagen kamen handtellergroße Pilze aus dem Stamm. Was für ein Erfolg!

Pro Schub gab es ungefähr 1kg Pilze, die köstlich schmeckten.

Immerhin konnte man es auf drei bis vier Ernten pro Jahr und Stamm bringen, was einem nicht so viel vorkommt.

Bei unserem Platz und der großen Freude war es aber kein Problem, ausreichend viele Stämme zu impfen, so dass wir immer nach Bedarf unsere Pilze ernten konnten.

Und das bei einer Erntedauer von insgesamt 8 Jahren pro Stamm!

Ja, richtig, nach 8 Jahren noch konnten wir von genau denselben Stämmen Pilze ernten.

21 - Struppi, der Zigeunerhund

Es war dringend erforderlich, einen angemessenen Ausgleich zwischen Jagd- und Hütehund zu schaffen und so begaben wir uns - erst mal ohne feste Absichten und nur mal so zum Gucken - zum offenen Tag des Tierheimes in der nächsten größeren Stadt.

Die Frage stellte sich so:

Terrier Lizzi als Jagdhund vertrug sich einfach nicht mit der Hütehündin Nora.

Es gab ständig Rangeleien unter den Tieren und Nora hat sich nichts gefallen lassen, weil sie ebensolche Alpha-Qualitäten hatte wie die Terrierhündin.

Was macht man:

Der Gedanke, die Jaghundseite zu stärken lag näher als andersrum, weil einer von uns mal die Jägerprüfung gemacht hat. Also sah man sich die verschiedenen vorhandenen Jagdhunde an, machte aber bald nach einigen Probespaziergängen Halt und verwarf diese Idee.

Es gab da einen Jagdterrier, so einen, wie wir früher in der Familie einen hatten, der richtig wild auf Jagen war. Er zog so an der Leine, dass er kaum zu halten war. Er wollte jagen und immer nur jagen, was sich auch in Zukunft nicht geändert hätte.

Also war dieser Weg keine Lösung, weswegen wir beschlossen, wieder nach Hause zu fahren.

Beim Rausgehen drehten wir uns nochmal um und ließen unsere Blicke über das Areal schweifen und justament in diesem Moment blieben unsere Augen an einer bisher nicht beachteten Hunde-Box hängen.

Da saß noch ein großer Hund, der uns seine Nase entgegenstreckte. Er war schwarz-weiß mit mittellangen lockigen kräftigen Haaren, schönem Kopf und einem spürbaren weichen Gemüt. Als wir uns ihm näherten, rutschte er uns auf seinem Hinterteil entgegen, ganz brav und unterwürfig, damit wir ihn ja mitnehmen.

Er schaute uns mitleidvoll an und sagte "Bitte, bitte, nehmt mich mit".

Es war ein Anblick des innigen Bittens, des Flehens und einer großen Liebe.

Dies war ein Klassehund und zuerst verstanden wir nicht, warum so ein Tier im Heim abgegeben wird.
Es gab kein Wort mehr zwischen meiner Frau und mir. Es war klar - das Tier ist unser. Und wir haben

es nie bereut, den Zigeunerhund mitzunehmen. Er war zeitlebens ein äußerst angenehmer und ruhiger Begleiter und war über seine "Rettung" aus dem Tierheim so dankbar, dass er sage und schreibe 23 Jahre alt wurde!

Das passiert wirklich selten.

Wie wir dann nach vollzogener Übergabe vom Tierheimpfleger erfuhren, kam der Hund aus einer Zigeunerfamilie, die es wohl ausnahmsweise nicht fertig gebracht haben, ihn zu verzehren.

Der Hund wurde von den Zigeunern, die es da in der Gegend zu Hauf gibt, gezüchtet, um Igel zu fangen.

Struppi, wie wir ihn später wegen seines groben kräftigen Fells nannten, hatte aber keine Lust, Igel zu fangen und so landete er im Heim.

Ihm wurde von den Zigeunern beigebracht, keinen Muks zu machen, um nicht Igel oder vielleicht auch Amseln oder andere Kleintiere, die auf dem Zigeuner-Speiseplan standen, zu verscheuchen. So bellte unser Struppi die ersten Monate auch nicht.

Wir wunderten uns schon, warum der Hund so ruhig war und als er zum ersten Mal mit seiner dunklen Hundestimme Laut gab, war die Freude groß.

22 - Atelier - Squashhalle - Giebel verputzt

Der große Wunsch, ein eigenes Atelier zu haben, war sehr alt und schon zu Studierzeiten mietete ich mit meiner damaligen Freundin einen Keller, in dem sie Ton-Marionetten und andere schöne Sachen in einem Brennofen brannte und ich meine Radierungen druckte, um Studium und teures Stadtleben - damals in Frankfurt - zu finanzieren.

Wir hatten auch einen Stand auf dem Weihnachtsmarkt vorm Römer, dem Frankfurter Rathaus, und viele Erinnerungen zeugen von der wichtigen Zeit.

Hier in F in unseren neuen großen Räumen war sehr viel mehr Platz und vor allem gab es ja noch gar nichts, was man hätte benutzen können. Das Dach fehlte im Bereich der oberen Scheune auf der Rückseite ganz, nur die Grundmauern waren zum Teil noch da, mussten aber alle zuerst gesichert und neu aufgemauert werden.

Man hatte alle Möglichkeiten und konnte der Phantasie freien Lauf lassen - wie schön!

Zuerst musste der 8m hohe Baum und das viele Gestrüpp, das vor sich hin wuchs, entfernt werden. Auch die Deckenbalken mussten ergänzt werden und weil ich in meinem Atelier schweißen wollte, haben wir den ganzen Boden über dem Erdgeschoss, wo Metall- und Holzwerkstatt eingerichtet wurden, betoniert - und das im Obergeschoss und alles von Hand.

Solche Aktionen, wo es um Tonnen von Material ging, haben wir immer mit unseren polnischen Freunden gemacht. Ich holte mit meinem PKW-Anhänger Betonkies und Zement und dank unserer kräftigen und motivierten Mitarbeiter und einer tagelang laufenden Mischmaschine waren selbst die größeren Unternehmungen dieser Art kein Problem.

Mit den zwei oder drei LKW-Kies-Ladungen, die wir manchmal bestellten, haben wir insgesamt weit über 100 - in Worten Einhundert - Tonnen Material in die Mauern und die Böden gesteckt - und zwar alles von Hand! Mein Hänger fasste ca 1,5 - 2t und war damit zwar völlig überladen, aber wir brauchten einfach Material, um die Massen bewältigen zu können.

Es wurden ja nicht nur die Wände neu ausgefugt, wir haben dann auch im ganzen Anwesen alle Böden betoniert und das war ein Akt der besonderen Art mit fast 300m² zu betonierendem Grund! Der vorherige Bodenbelag bestand aus einer Mischung von festgetretenen vertrockneten Kuhfladen, Kies und Dreck von draußen, alles irgendwie zusammengehalten, verklebt und verdichtet durch Staub und andere Ingredienzien.

Nur der alte Steinboden im Weinkeller blieb und der Erdkeller im Hühnerstall. Ich sammelte die schönsten halbrund abgelaufenen Kalksteine zusammen und vervollständigte den auch hier maroden und kaputten Stallboden.

Alles andere wurde bis auf die Obergeschossdecken mit Ausnahme des Atelierbodens betoniert und zum größten Teil mit den damals gewünschten Terrakotta-Platten gefliest.

Auch in den Scheunen und den sonstigen Räumen hatten wir richtig gut begehbare Böden. Die alte Sauerei von früher war uns zuwider, nicht zuletzt deswegen, weil man darauf einfach nichts machen konnte.

Die Jungs, die mithalfen, wurden von uns köstlich versorgt, meine Frau zauberte die tollsten Menus und wir aßen immer zusammen an einem großen Tisch.

Nur abends wollten wir meistens unsere Ruhe und da brutzelten sie sich was an unserer Feuerstelle vorm Wohnwagen, in dem sie untergebracht waren, solang sie uns halfen. Und wir hatten ein wenig

Ruhe von den Intensiv-Gewalteinsätzen dieser groben und schweren Art.

Das Atelier sollte sich über dem alten Kuhstall und der Remise befinden und hatte die Abmessungen von ca 8 x 20m, wobei die Decke im Bereich des Heuwagenplatzes um ca 1,60m nach oben sprang. Ich hatte also im Atelier eine Ebene in der ganzen Tiefe der Scheune mit ca 20m und eine andere ca 1,60m höhere über etwa die andere Hälfte des Raumes. Dieser wurde dann durch große Glasscheiben abgeteilt.

Der Absatz war auf die halbe Tiefe des Ateliers zu überwinden, da im hinteren Teil vorm Engelstor die Decke weg gelassen wurde. Hier entstand ein Luftraum, der bis unter das mit Glasziegeln gedeckte Dach führte, so dass das Atelier indirekt mit natürlichem Licht belichtet wurde.

Um möglichst viel Licht in den Raum zu bekommen, kaufte ich mir von einem nahe gelegenen Flughafen in D aus einem Fitnessstudio eine alte Squash-Halle, weil die großen Sicherheitsglasscheiben ideal für mein Vorhaben waren.

Wir waren nur zu dritt, als wir die Scheiben irgendwie hochhievten, aber dank guter Vorarbeit und ausgeklügelter Technik haben wir es dann geschafft, die Riesenteile in das Dachgeschoss zu befördern. Damals half noch ein alter Maurer, der im Nachbardorf lebte und für seine Freundin ein Haus baute - ein neues.

Ich half ihm dafür beim Platten verlegen vor seinem Haus.

Mit seiner Hilfe und der eines jungen Helfers, der aus der Familie unserer Freunde stammte, verputzten wir auch den Zwischengiebel, eine Wand mit 10m Höhe und einer Länge von über 20m. Mein alter Vorarbeiter und ich warfen den Putz an die Wand und unser Helfer musste Mörtel anmachen. Manchmal hatten wir so ein Tempo drauf, dass der arme Handlanger mit der Mörtelproduktion nicht mehr nachkam und mein wertvoller Mitarbeiter schrie mit seinem Schweizerdeutsch immer runter, wo die Mischmaschine stand: "Maikel, wo häsch de Pflaschter?"

In wenigen Tagen war der Spuk vorbei, die löchrige und kaputte Wand stand wieder da wie eine Eins - auf beiden Seiten - und wir hatten bestimmt 6 Tonnen Putz drauf geworfen und schön als sogenannten Kellenputz frei Hand mit der Maurerkelle abgezogen. Es gab eine interessante Oberflächenstruktur, die dann später mit einer weißen Kasein-Kalkfarbe strahlend weiß gestrichen wurde.

In diesem Atelier entstanden dann viele Bilder und einige Skulpturen aus dem alten Metall, das ich so gerne sammelte.

Dazu gehörten ge- und verbrauchte Teile von Geräten und Maschinen, alte Heugabeln, geschmiedete alte Eisen und halb verrostete Türbänder.

Es war mir ein Vergnügen, diese Teile, die schon durch ihre Individualität etwas Besonderes waren, wieder zu verwenden und etwas daraus zu machen.

Ein altes Sensenblatt war der Anlass, einen Sensenmann zu bauen. Damals gab es noch kein BSE und die Köpfe der geschlachteten Kühe mussten nicht zerteilt werden, so wie später, als man sie zu Untersuchungszwecken auftrennen musste.

Und da wir gerne Kalbskopf aßen, war gleich ein großer Kochtopf besorgt, um denselben darin weich zu kochen. Sabine kochte herrliche Kalbsbäckchen mit „Sauce Vinaigrette" und wir hatten dann zusätzlich viel Freude, als wir das Kopfskelett - fein säuberlich gereinigt - dem "Lugubre" als Krönung auf sein Haupt montierten.

Viele Jahre stand er in einer Ecke im Garten und ermahnte uns immer wieder von neuem an unsere Endlichkeit. Was dazu führte, dass wir noch bewusster unsere Freiheit, unsere Gesundheit und unseren selbst vermachten Luxus immer wieder voll und ganz genossen und uns im Klaren waren, dass es uns hier paradiesisch gut ging und dass auch alles ganz schnell zu Ende sein könnte.

Es gibt ihn übrigens heute noch und er steht als Zeichen der Vergänglichkeit in einer neuen Ecke in einem neuen Haus.

Er wurde bewahrt und geachtet und erfüllt seinen "Auftrag" nach wie vor mit seiner großen geschwungenen goldenen Sichel.

Da das Haupt mal wieder erneuert werden muss, habe ich schon einen Ersatzschädel besorgt, der sicher bald montiert wird.

Immer weiter wuchsen unsere Häuser, im unteren - in "Sabines Haus" schliefen wir, das obere wurde seltener genutzt.

Manchmal saßen wir neben dem großen Brotbackofen oder gingen in die Sauna dahinter und nur noch ab und zu mal ins "Büro" im Obergeschoss.

So kamen wir auf den Gedanken, eines der Häuser vielleicht als Ferienhaus zu vermieten. Diese Idee führte dann dazu, auch das Atelier als "Wohnraum" umzubauen. Platz zum Schweißen und Basteln hatte ich in den beiden im Erdgeschoss befindlichen Werkstätten und in der großen Garage genug.

So entstand die Erfordernis, im Atelier ein WC und eine Dusche einzubauen. Im Zuge der Überlegungen wurde dann die Brückenversion realisiert.

Eine kleine Eichentreppe führte in den oberen Teil des lichtdurchfluteten Raumes. Von dort aus galt es nun zum überbauten Treppenhaus auf der anderen Seite zum frisch verputzten Giebel zu kommen. Direkt oberhalb des Wanddurchbruchs mit der alten Türe aus meinem allerersten Haus zur anderen Scheune hin.

Dies konnte nur durch den Bau einer Brücke gelöst werden. Und so schweißte ich eine Brückenkonstruktion mit alten schönen Eichedielen belegt und an einer schweren Kette mit großen Gliedern an der Pfette am Dach darüber aufgehängt.

Man gelangte so über die Hängekonstruktion auf die andere Seite.

Die Treppe, die vom Erdgeschoss ins Atelier führte, wurde mit Sicherheitsglas zwischen Holzpfosten verkleidet. Die Decke aus entsprechend starken Brettern wurde zum Boden für das darauf entstehende Duschbad mit WC und Waschbecken.

Warmwasser kam aus einem darunter liegendem Boiler im Hundebad, einem kleinen Raum im alten Kuhstall, in dem schon recht früh eine Wanne stand und in der nicht nur wir am Anfang badeten, sondern vor allem unsere stinkigen Köter, nachdem sie sich wonnevoll in Marderkacke gewälzt hatten.

In dieser nur über die Brücke zu erreichende Dusche sich zu waschen wurde zum Erlebnis. Nicht nur der außergewöhnliche Gang über die schwebende Brücke, auch die Aussicht aus der Dusche durch eine große Glasscheibe und die Fenster im Dach bescherten einem den freien Ausblick in die herrliche Natur und über das große Grundstück, das man sein eigen nennen durfte.

Der Standort nicht weit unter dem First des Daches unterstrich die erhabene und stolze Position.

Man fühlte sich sehr gut.

Diesen großen Raum zu beheizen, gelang nur durch einen entsprechend groß dimensionierten Ofen, den wir der Einfachheit halber kauften und diesmal nicht selbst mauerten. Er stammte aus Kanada oder Schweden und war ursprünglich für die Holzfäller konzipiert, die sich damit im Wald beim Holz machen aufwärmen konnten.

Er heizte schnell hoch, konnte die Wärme aber nicht gut speichern, weil er "nur" gusseiserne Wände ohne speichernde Steine wie bei unseren anderen Kachelöfen, hatte.

Dafür strömte aus den vielen Rohren, die den Heizkorpus, in dem das Feuer brannte, umgaben, bald nach dem Anzünden heiße Luft und man konnte sich in Kürze daran super aufwärmen. Einfach davor stellen und der Popo war ruckzuck warm.

Trotz allen professionell erledigten Arbeiten wurden auch immer mal wieder wichtige Dinge vergessen. So wurden die wasserführenden Leitungen mit Kalt- und Warmwasser auf Putz verlegt und verkleidet, aber nicht ausreichend gedämmt.

Und so geschah es, dass über einen Zeitraum von über 6 (sechs) Wochen auf Grund einer geplatzten Leitung das Wasser ungehindert austreten konnte und alles, was sich unterhalb der Schadstelle befand, überflutet und durchnässt wurde. Es war Winter, es hatte lange hohe Minustemperaturen gehabt und wir hatten in D noch einen Wohnsitz, wo wir uns damals aufhielten. Als wir dann- wegen des kalten Winters - mal nachschauen wollten, kam uns dieses Chaos entgegen.

Wir waren fix und fertig, waren wir doch so stolz auf unsere neuen Räume und das schöne Bad. Ganz zu schweigen von den darunter liegenden Zimmern inkl. der Küche und dem Wohnzimmer, weil bekanntlich das Wasser immer nach unten fließt und überall seine grauenvollen Schäden hinterließ.

Es dauerte Monate, bis wir die Spuren beseitigt hatten und es kostete große Mühe, sich mit dem so unnötigen Schaden zu beschäftigen. Zum Glück - und das muss man gerechterweise sagen - hatten wir eine Hausversicherung, die sich nach enormem bürokratischem Aufwand zu einem Teil, der immerhin 5-stellig war, beteiligte.

Ein Schaden, der sich Jahre später in einem anderen Bad im unteren Haus ereignete, war weniger groß und konnte in einer Nacht - in derselben nach unserer Ankunft - direkt behoben werden.

Immerhin lernten wir aus dem ersten "Großereignis" und stellten jedes Mal, wenn wir das Haus für einige Zeit verließen, das Wasser ab.

So konnte auch bei diesem zweiten Mal nicht mehr so viel passieren.

23 - Honigschinken

Dank den Kochkünsten meiner Frau und auch meiner Neugierde und Genussfähigkeit, waren wir eigentlich ständig damit beschäftigt, unser kulinarisches Portfolio zu erweitern und zu veredeln.

Aus der frischen Milch aus dem Dorf vom Milchbauern machten wir schon lange Joghurt und Käse und mit unserem Fleischwolf zauberten wir die schmackhaftesten Würste mit wenig Fett und vielen Gewürzen und Kräutern.

Direkt am Wasser am Bodensee aufgewachsen, war es ein großer jugendlicher Spaß, früh morgens noch vor der Schule, die nachts ausgelegten Angeln einzuholen und zu kontrollieren. Vor allem fingen wir damals Aale, die wir dann abends in großen Blechfässern räucherten. Nur hatten wir kein richtiges Räuchermehl, ein einfaches Feuer mit irgendwelchem herumliegenden Geäst tat es auch.

In Memoriam an diese Zeit begann die Suche nach einem professionellen Räuchergerät, das ich dann auch bald fand.

In einem noblen Hotel als einen besonderen „Gag" angeschafft, aber nie benutzt, war dieser Räucherofen das ideale Gerät für uns. Er war über zwei Meter hoch und hatte eine ansehnliche Breite, die ausreichend tief für große Speckseiten und ordentliche Schinken war.

Als Junge oft beim Bauern geholfen und dabei viel von Natur und Umgang mit ihr gelernt, sei es Apfelmost pressen oder Kartoffeln lagern, Brot backen oder Schinken einlegen, war es mir eine besonders große Freude, mein altes Wissen hier anzuwenden.

Ein guter „Lack" wie man fälschlicher Weise zu sagen pflegte, war die unbedingte Voraussetzung für einen schmackhaften gelungenen Schinken oder Speck. Eigentlich war es die „Lake", in die man die Fleischstücke ca 3 Wochen lang einlegen musste. Dazu wurden viele Zutaten wie Zwiebeln, Knoblauch, Wacholderbeeren, Lorbeerblätter, Pfefferkörner, Salz, Öl, Essig und noch einiges an würzigen Zutaten benötigt. Je nach gewünschter Geschmacksrichtung konnte man hier seiner Phantasie freien Lauf lassen - oh wie schön!

Nach erfolgtem Durchdringen des Fleisches mit dem Gewürzsud ist es nun die große Kunst, das so vorbereitete Stück richtig zu räuchern. Neben dem schnellen Heißräuchern gibt es das schonungsvollere Kalträuchern, das einige Wochen dauern kann. Dabei ist das Wichtigste das Räuchermehl und die dauernde Beräucherung. Der Rauch darf nie aufhören, solange der Schinken nicht ganz fertig ist. Buchenmehl ist wohl das Räuchergut der Stunde, aber schwierig zu finden.

In „unserer" Gegend jedoch gab es fast nur Eichen und Buchen, so dass das nahe gelegene Sägewerk eine treue Quelle für das wertvolle Pulver war. Ich holte mit dem Hänger in große Tonnen abgefüllt das Mehl und räucherte in der kalten Jahreszeit fürs ganze Jahr.

Und eine besondere Spezialität war der „Honigschinken", ein besonders fein schmeckendes Stück, das während des Räuchervorgangs immer wieder mit Naturhonig liebevoll eingepinselt wurde.

In Stresszeiten mit vollem Terminkalender ein hoffnungsloses Unterfangen, für uns „Freie" ein Hochgenuss!

24 - Lizzi - Holz fällen

Nun hatten wir einen Traktor und einen speziellen Holzwagen, einen Einachser mit Ladepritschen von ca 1,20m Breite und eine Läge von ca 2,20m. Vier Rohre jeweils an den Ecken mit 1m Länge hielten die gesägten Holzstämme auf dem Wagen.

Und meinen Hund als treuen Begleiter und unverzichtbare Hilfe hatte ich ja dann auch.

Nora und Struppi blieben bei meiner Frau zuhause und kümmerten sich ums leibliche Wohl und die vielen andere Dinge, die täglich anstanden.

So suchten wir unser Los auf und suchten die mit gelber oder roter Farbe markierten Bäume und Baumkronen. Teilweise ein recht abenteuerliches Unterfangen, da es ja keine Fahrwege gab, sondern irgendwie durch Gestrüpp, Sträucher, Bäume und sonstiges Grünzeug ging, bis man schlussendlich am eigentlichen Ort des Geschehens ankam.

Die ersten Versuche, die doch ganz stattlichen Bäume zu fällen, verliefen nicht ganz angstfrei und es brauchte doch einige Übung, sich mit der Materie vertraut zu machen. Auf jeden Fall wuchs mein Mut mit der Erfahrung und später ging es viel besser, auch wenn ich nie die Achtung vor der Eigenwilligkeit, die manche Bäume beim Fall entwickeln können, verloren hatte. Es konnte sein, dass sich ein Baum während des Fällens plötzlich drehte und in eine unerwünschte Richtung flog. Man hatte dann die doppelte Arbeit, das Holz aus einem Graben oder wo auch immer das Teil vorzog hinzufallen, wieder heraus zu bekommen. Die Arbeit an den gefällten Mauerkronen war wesentlich einfacher, obwohl je nach Lage es eine Heidenarbeit war, die großen Baumstücke zu zerkleinern und dann - alles von Hand natürlich und alleine - auf den Wagen zu schleppen.

Aber ich hatte ja Terrierhündin Lizzi und die half mir ganz toll bei der schweren Arbeit. Nach Prüfung und eingehender Inaugenscheinnahme der Baum- und Fäll- Situation und der getroffenen Entscheidung wie man denn vorgehen würde, genügte ein kurzer aber bedeutsamer Blick in Richtung meines Hundes. Dem war klar, dass es jetzt los ging und ich meine volle Konzentration benötigte, um mich mit den Naturgewalten zu beschäftigen.

Ohne einen Mucks und voller Verständnis begab sich mein Terrier auf einen nahe gelegenen Baumstamm oder Baumstumpf, um mir in respektvoller Entfernung interessiert zuzuschauen.

Diese Folgsamkeit war selbstverständlich nicht uneigennützig, war doch klar, dass frisch geschlagenes Holz einen ganz besonderen Gout hatte und der Hund daher ungeduldig wartete, bis der Baum endlich am Boden lag. Kaum gefällt, raste der aufgeregte Terrier mit freudig wackelndem Hinterteil auf mich zu, um seine "Belohnung" abzuholen. Diese bestand in einem Aststück, je nachdem idealerweise zwischen 30cm und 60cm lang und so schwer, dass es mindestens 20m flog, damit meine Terrierdame ordentlich was zu arbeiten hatte.

Je mehr Rinde dran und Moos, desto besser, denn zuerst wurde das Teil terriermäßig bearbeitet und eingespeichelt. Sie legte sich auf den Rücken und nahm das Stöckchen wie ein Eichhörnchen die Nuss zwischen beide Vorderpfoten und hatte einen Mords Spaß daran, des Stück zurecht zu nagen.

Sobald es terriergerecht passte, kam sie zu mir und warf mir das Stöckchen vor die Füße. Man musste diese Sprache nicht gut kennen, um genau zu wissen, was folgen musste. Es war meine stundenlange Aufgabe, meiner fitten Hündin diesen Stock in den Wald zu werfen, je weiter umso besser.

Auch wenn es mir manchmal zu viel wurde, war es ein gutes Gefühl, an dieser echten Hundefreude teilhaben zu können und immer eine so fröhliche und fitte Freundin in seiner direkten Nähe zu wissen.

Dankbar bin ich, dass bei den doch sehr waghalsigen und teilweise sehr schwierigen Situationen nie etwas passiert ist. Natürlich war ich mir der Gefahren bewusst und strengte mich doppelt an, aber wie bekannt, ist der Teufel ein Eichhörnchen und mir hätte auch etwas passieren können bei diesen gefährlichen Unternehmungen.

Voller Stolz und hundemüde sind wir dann abends in unser Gut gefahren, der Terrier auf der Sitzbank neben mir oder am Liebsten direkt auf meinen Schenkeln.

Und wenn es dann wieder mal zum Holz machen in den Wald ging und ich kündigte die Fahrt meinem Terrier an und sagte: "Lizzi, nachher gehen wir in den Wald zum Holz machen", brauchte ich nicht zu suchen. Stunden davor lag mein Hund schon auf dem Fahrersitz des Traktors und wartete geduldig, bis es los ging und wieder "Brigele" gab.

Die Beziehung „Herr und Hund" war und ist ein altes Thema in der Geschichte. Viele Schriftsteller haben sich mit dem Thema auseinandergesetzt und es ist bekannt, dass so ein Hund eine äußerst wertvolle Rolle in einem Menschenleben einnehmen kann.

So bin ich davon überzeugt, dass meiner kranken Frau durch die ständige Begleitung ihrer zwei Hunde Nora und Struppi viele Jahre mehr geschenkt wurden.

Wenn sicher zu Recht oft gesagt wird, dass männlicher Machtdrang dazu führt, einen Hund zu befehligen, gibt es in diesem Zusammenhang viele sensible Zwischenstufen.

Folgsamkeit kann auch eine Art von Verständnis und Vertrauen sein, die man einem Hund auch beibringen kann, ohne ihn gleich zu dominieren und rum zu schikanieren.

Aufgrund meiner jagdlichen Vorkenntnisse und weil wir schon in der Familie Hunde hatten, konnte ich nun mit unserem großen Gelände und unserer Zeit mich auch der Hundeerziehung widmen.

Die Tatsache, dass meine Terrierdame richtig intelligent war, machten mir meine „Vorlesungen" und Übungen deutlich leichter.

Es machte aber auch Spaß zu sehen, wie der Hund lernt. Und da es ganz gut funktionierte mit den „Kommandos", versuchten wir auch lautlose Befehle einzustudieren, also nur durch Handzeichen. Wir beide brachten es zu einer beachtenswerten Reife - immerhin war ich ja auch mit viel Geduld mindestens zur Hälfte beteiligt - und mein Terrier folgte wie im Bilderbuch.

Für jemanden, der sich mit Hunden auskennt, weiß wie schwierig es ist, einem Terrier etwas beizubringen. Im Allgemeinen sind sie so resistent und eigensinnig, dass man froh sein kann, wenn so ein rabiates Jagdgeschöpf hin und wieder „Sitz" auf Befehl macht.

Meine Lizzi aber legte sich auf eine Entfernung von über 50m auf ein Handzeichen, ohne einen Ton von mir zu geben, hin wie ein Lamm und machte sogar „Down", was für einen Hund eine der schwierigsten Übungen überhaupt bedeutet. In dieser Stellung ist er völlig „ausgeliefert" und abwehrunfähig. Doch mein Hund war so gut und hat selbst das hingebracht.

Es gab eine Übung, mit der sie Schwierigkeiten hatte. Das Kommando lautete: „Dulde, Schone". Es war ein Befehl aus der jagdlichen Hundeschule und ging so: Der Hund musste einen Lederhandschuh vorsichtig in den Fang, also zwischen die Zähne nehmen, ohne zuzubeißen. Es diente der Schonung von geschossenem Federvieh bei der Jagd, so dass die Fasanen, Enten und sonstige Hühner unverletzt blieben.

Das klappte einfach nicht. Sie spuckte den Handschuh immer wieder aus, weswegen wir es dann auch dabei beließen.

25 - Schütze

Vielleicht war die zaghafte und verhaltene aber dennoch klare Zustimmung meiner Frau zum Projekt der Tatsache geschuldet, dass Sie schon in früheren Jahren als junge Frau mit dem französischen „savoir vivre" in Berührung kam.

In einer Garnisonsstadt im Schwarzwald geboren und aufgewachsen, lag es nahe, dass man bei den kulinarischen Festen und sonstigen Veranstaltungen der damaligen französischen „Noch-Besatzer" teilnahm.

Sicher war es für manche Mädchen spannend und interessant, wenn man mit den sicher sehr charmanten Franzosen die eine oder andere Liebschaft begann. So geschah es auch meiner Frau, die eigentlich - damals 18-jährig - einem „Michel" nach Südfrankreich folgen wollte, um dort zu heiraten. Sicher war das kategorische Nein der Eltern und der damals noch lebenden Oma - eine hart geschmiedete Beißzange, so groß, dass diese jugendliche Träumerei schnell ein Ende fand.

Nur ein paar Kilometer von unserem neuen Reich in F entfernt gab es auch so eine Garnisonsstadt - mit vielen Kasernen und jede Menge Rekrutierter. Als „Grande Nation" schuldete das Militär dem Volk selbstverständlich auch hier regelmäßig Feste, bei denen nie gespart wurde.

So kam es alljährlich zur umfassenden Präsentation militärischer Stärke, vor allem im Bereich der leiblichen Genüsse. Die feinsten Speisen und selbstredend die ausgesuchtesten Weine konnte man dort kosten, es war wie immer eine große Freude, auch hier aus dem Vollen schöpfen zu können.

Da kennen die Franzosen keine Grenzen und dies ist meiner Meinung nach eine große Gabe, sich unverhohlen dem kulinarischen Genuss hinzugeben.

Eine äußerst sympathische Seite französischer Lebensart.

Man konnte aber auch Panzer fahren und mit dem Heli eine Runde drehen, man konnte Büchsen werfen, Karussell fahren und - Schießen.

Hier nun kam eine Seite durchaus positiver Erziehungsstrenge zum Vorschein, da ich unter dem Zepter meiner mütterlichen Gewalt seinerzeit den Jagdschein machen musste.

Für mich in jungen Jahren spannend, durfte ich mitgehen zum Jagen und war mit meinem Jagd- und Waffenschein ein vollwertiges Mitglied in einer werten damals hochgestellten Gesellschaft.

Treibende Kraft war jedoch die Mutter, die alles andere als uneigennützig, mich denn auch als ihren kleinen Jagdkumpan brauchte - um nicht zu sagen - missbrauchte.

Der Vorteil war, dass ich Schießen konnte und als alter Jäger unter dem Sternzeichen Schütze auch ohne Gewehr zeitlebens ziemlich oft ins Schwarze getroffen habe.

Es war dann auch schnell klar, dass wir uns beim Militärfest nicht den Panzer oder den Heli, sondern den 12er auf der Schießscheibe holen wollten.

Hochmotiviert und konzentriert - sicherlich auch um meiner Frau als Deutscher auf französischem Terrain besonders zu imponieren - versuchte ich mein Glück und wie der Teufel es so wollte, war ich der beste Schütze vom ganzen Fest. Viele Tausende Besucher nahmen an den Wettbewerben teil und mir war es als Deutscher vergönnt, am Häufigsten die 12 zu treffen!

Eine kleine Scham überkam mich zuerst, als ich aber den 1. Preis tatsächlich zuerkannt bekam, wich die kleine Peinlichkeit der „Grand Nation" gegenüber, weil ich im Vollbewusstsein meines Glücks und Erfolgs schwelgen konnte.

Wie üblich, hatte jede Garnison im Casino einen „eigenen Wein" und für die obersten Militärs eine ganz besonders edle Wein-Lage. Der Hauptgewinn war dann eine 3-Liter Magnum-Flasche „Cotes du Rhone Vinsorbres" aus dem Jahre 1988. Fein säuberlich in einer stabilen feinen Holzkiste verpackt, wurde sie von mir immer fachmännisch gelagert und genau 30 Jahre später anlässlich meines 65igsten Geburtstages mit Freunden zusammen geöffnet und getrunken.

Die Qualität des Inhaltes war einwandfrei und alle waren erstaunt über das frische Bouquet und den guten Geschmack.

Wie schon erwähnt, da lassen sich unsere Nachbarn nicht lumpen!

Peinlich wurde es aber dann doch im nächsten Jahr, in dem ich zwar nicht der Erste wurde, aber immerhin der Zweite.

Der oberste Chef der Garnison ließ es sich nicht nehmen, uns in unserem Heim zu besuchen, um den Gewinn persönlich zu überreichen.

Eine Mischung aus Pflichterfüllung und Neugierde trieben ihn und man merkte ihm die Schwere dieses Ganges deutlich an.

Mit gesenktem leicht gerötetem Kopf kam er um die Ecke und begrüßte uns militärisch perfekt vor unserem Haus.

Er überreichte mir wie bei einem militärischen Ritual standesgemäß meinen Preis, der dieses Mal aus einem hochwertigen Whiskey und einem dazu passenden Gläser-Set bestand.

Seine Gratulation war militärisch eisern und ohne jedes Wimpernzucken.

Eine Einladung auf einen kleinen „Canon" wies er entschieden zurück und verschwand wieder, so schnell wie er aufgetaucht war.

Es war mir nicht vergönnt, ein drittes Mal mitzumachen, da die Garnison aufgelöst und alle Kasernen abgebrochen wurden.

Alles Militärische musste Hunderten von einfachsten langweiligen Sozialwohnungen weichen - eine Ära war vorbei.

26 - Nachbarin

Auch im kleinsten Dorf gibt es Nachbarn. Und wir hatten auch welche.

Unsere Nachbarin war eigentlich ganz nett, hatte zig Hektar Land aus ihrer Familie geerbt und als wir ins Dorf kamen, hatte sie eine kleine Landwirtschaft mit Kühen. Sie verkaufte die Milch und lebte davon.

Ihre Söhne - solche Landexemplare wie durchtrainierte Bodybuilder - halfen so lala immer mal wieder mit, hatten aber kein grundsätzliches Interesse, die Mutter zu unterstützen.

So dauerte es auch nicht lange, bis ihr Betrieb immer unordentlicher wurde, der Traktor ständig kaputt war und auch sonst viel im Argen lag. Sie kam der schweren Arbeit auf dem Hof als Alleinstehende einfach nicht mehr nach. Ihr Ex-Mann, von dem sie sich scheiden ließ, war ein Obermacho, der egal wo er auftauchte, sich mit mindestens zwei oder drei Damen älteren Semesters umgab. Er war ein Schläger und Prolet und ließ bei den diversen Dorffesten keine Gelegenheit aus, rumzustänkern und sich als Großprotz aufzuführen.

Seine Auftritte waren wirkungsvoll und einschüchternd und wohl für seinen Sohn so nachahmenswert, dass er sich genauso exhibitionierte. Es war peinlich, wie betrunken er auf Tischen balancierte und rumschrie.

Kurzum - die Bäuerin war mit ihrer „Exploitation agricole" dann so überfordert, dass sie nicht mehr dazu kam, ihre Tiere auf den Wiesen richtig zu füttern. Ihre Kühe nahmen immer mehr ab und eines Tages lag ein völlig abgemagertes Tier tot auf der Wiese, weil es nichts mehr zu Fressen bekam.

Als ich ihr meinen Unmut über ihr unmögliches Verhalten zu verstehen gab, war sie gar nicht so entsetzt, wie man es hätte erwarten können.

Die nachbarschaftlichen Beziehungen wurden dadurch natürlich nicht positiv beeinflusst, aber es war mir mehr als Bedürfnis, ihr meine Meinung über ihre miese Einstellung zur Tierhaltung mitzuteilen.

Verschiedene Versuche, Geld zu verdienen, scheiterten, nachdem es ihr immerhin gelungen war, regionale Reise-Unternehmen einzuladen, um die Besucher der Burgruine zu verköstigen.

Eine alte Scheune mit kaputtem Dach notdürftig hergerichtet, war Platz für die Touristen, die hier kulinarisch versorgt wurden. Wenn der Spuk vorbei war, lagen die Teller, Gläser und Bestecke neben den unzähligen Flaschen von Wein oft wochenlang unaufgeräumt vor Ort, bis es zwangsweise vor dem nächsten Event weggeschafft werden musste.

Als dann selbst der junge Bürgermeister einschritt, weil die unangemeldete Sause dann doch zu viel wurde, war guter Rat teuer.

Wer weiß, ob die Not so groß wurde, dass man sich wirklich etwas überlegen musste oder ein Tipp ihr weiter geholfen hat, auf alle Fälle begann sie zunächst eine Hühnerzucht im nahegelegenen Stall. Sie schaffte es, mit einem Händler einen Vertrag auszuhandeln, der ihr garantierte, regelmäßig ihre Eier abzuholen.

Dazu ging sie noch auf den Markt, was für uns bedeutete, dass Hunderte von Kisten mit kaputten zerschlagenen Eiern neben unserer Scheune lagen und vor sich hin stanken.

Das meiste von dem Unrat holte sich dann der Fuchs, aber die stinkenden Knochen und Federn ihrer Hühnerschlachtungen lagen oft tagelang da. Aufgeräumt wurden sie von ihr nie. Es häufte sich alles wochenlang, bis sich dann manchmal einer der Söhne erbarmte oder sie dringend neue Kisten für den Markt brauchte.

So kam dann alle zwei Tage ein kleiner LKW, der Hühner und Eier mitnahm. Sie hatte eine automatische Fütterungsanlage installiert, von der niemand genau wusste, wie und ob sie funktionierte. Dass alle Hühner richtig versorgt wurden, konnte man nur hoffen.

Tatsache war, dass sie sonst keinen Finger krumm machte, um z.B. den Stall zu reinigen oder den Hühnern freien Lauf zu lassen. Platz genug hätte sie gehabt.

Es waren dann bis zu 3000! Hühner, die in einem kleinen Stall ihrem Legegeschäft nachgehen mussten. Dies erzählte mir ein Arbeiter, der mir später manchmal im Wald half, um Holz zu machen. Er hatte die Aufgabe, den Stall von Unrat und Exkrementen zu befreien. Der Stall war bis knapp unter die Decke zugeschissen.

Er brauchte geschlagene fünf Tage, um mit Schaufel und Schubkarre den Dreck weg zu schaffen. Als der Chefin dies zu viel war - sie musste die Zeit ihres Arbeiters ja bezahlen - engagierte sie jährlich einmal einen Schaufellader, der den zugekackten Stall dann in wenigen Stunden wieder auf Normal - Niveau brachte.

In dieser Zeit, in der diese archaischen und tierfeindlichen Zustände herrschten, muss sie trotz allen widrigen Umständen so viel Geld gescheffelt haben, dass sie in einem Jahr, nachdem ihr Stall-Huhn-Unternehmen geschlossen wurde, auf einer ihrer Wiesen einen nagelneuen Stall mit allen Schikanen bauen ließ!

Ja, Skrupellosigkeit kennt keine Grenzen, wenn es um die Existenz geht. Wenn ich sie in den letzten Jahren, in denen es um den Verkauf unseres Anwesens ging, traf, versuchte ich, höflich zu sein.

Ich verspürte in mir ganz hinten unten dann doch ein kleines Verständnis für die alte einsame und überforderte Mutter. Immerhin hatte sie etwas unternommen und etwas auf die Beine gestellt.

27 - Söhne

Einer der Dorf-Söhne musste dann zum Militär und landete in Marseille, wo er nicht nur die Welt kennenlernte, sondern auch Kontakt zu Rauschgift bekam. Nach seiner Rückkehr ins Dorf, war er jahrelang arbeitslos und verdiente sich mit Dealen seinen Lebensunterhalt, der so anstieg, dass sich der junge Mann erst mal einen großen BMW zulegte!

Irgendwie flog es auf, er machte den LKW-Führerschein und fuhr viele Monate Kies und anderes schwere Gut. Später schrieb er Briefe mit irrem Inhalt und verteilte sie an alle Bewohner des Dorfes - auch an uns.

Sein Bruder aber, der es vor allem seinem Vater gleich tat und immer mindestens zwei Freundinnen hatte, dachte erst mal nicht daran, zu arbeiten, weil er stinkfaul war.

Immerhin machte er der einen Geliebten ein Kind und heiratete später eine der anderen Favoritinnen, mit der er auch zwei Kinder hat.

Später hat er sich durchgerungen, als „Landschaftspfleger" gegen Entgelt Gärten zu pflegen und Rasen zu mähen.

Sicher vom großen Erfahrungsschatz seines jüngeren Bruders beeinflusst, begann er hochmotiviert, in einem abgelegenen kaum einsehbaren Stück nicht weit von unserem Grundstück, eine größere Fläche mit Haschischpflanzen anzulegen. Immerhin brauchte es eine ganze Weile, bis die Cannabis-Plantage von den Offiziellen entdeckt wurde.

Die größte Gaudi war, als ich mitbekam, wie die im nächsten Ort ansässige Gendarmerie mit einem Lieferwagen vollgepfropft mit der selbst gemähten Cannabis-Ernte das wertvolle Gut aus dem Dorf fuhr!

Was damit dann passierte, wurde in der Öffentlichkeit nicht bekannt.

Die Plantage aber wurde geschlossen.

Ja, es war immer etwas los bei uns, in einem kleinen Dorf mit so um die 20 Einwohnern.

Es ist übrigens einer der wenigen Dörfer in F, bei dem der Bürgermeister bei den Wahlen immer 100% bekommt!

28 - Saunabau

Die Beschäftigung mit den vier Grundelementen „Erde", „Wasser", „Luft" und „Feuer" war denn auch unter anderem unser existentielles Thema, mit dem wir uns täglich beim Planen und Bauen beschäftigten.

Als alter Saunagänger lag es denn auch nahe, sich selbst eine zu bauen. Der alte Steinkeller in den massiven Fels gehauen, war der Anlass und der Ort, wo sich so ein Teil befinden könnte. Von irgendwo her bekamen wir einen alten Saunaofen, Wasser mit Dusche waren gleich gelegt und einen Abfluss im Bassin gezaubert.

Irgendwie durch den massiven Fels ein Loch gehauen, in das ein 100er-Abwasserrohr reinpasste - keine Aufgabe war zu schwer, als dass man sie hätte nicht lösen können oder wollen.

Und daneben wurde die Sauna gebaut. In einer Nische stand der 8kw-Ofen, davor die Sauna mit einer Breite von zwei Saunabänken mit mittlerem Durchgang, auf der einen Seite zwei übereinander. Hinter dem Ofen, parallel zu den Sitzbänken und selbstverständlich ordentlich gedämmt, entstand noch ein WC mit Waschbecken, dass man es bei Drang nicht so weit hatte.

Was war es damals für ein Akt, ein besonders schmales Waschbecken für den kleinen Raum zu bekommen. Immerhin haben wir dann nach langem Suchen eines gefunden, es war himmelblau und hatte einen Wasserhahn mit einem Entenkopf aus glatt poliertem Messing. Sah klasse aus!

Die Sauna war ein voller Erfolg und wir verbrachten - vor allem ich mit der Lizzi - viele angenehme Stunden in dem immer nach frischem Holz riechendem Saunaraum.

Ja, meine Hündin aus der Camargue war ein ganz besonderer Schatz.

Sie folgte mir nicht nur auf's Wort, was für einen Terrier eine große Ausnahme ist, wir verbrachten auch einen wichtigen Teil unseres Lebens zusammen.

Sie war immer und überall dabei, sei es beim Traktor- oder Motorradfahren, im Wald beim Holz machen, im Büro, in der Wirtschaft, beim Wein pressen - sie war so etwas wie meine kleine Hälfte - viele Jahre lang, auch noch nach dem Tod meiner Frau.

Und so auch beim Sauna Gehen. Ich sagte zu ihr: "Lizzi, gehen wir nachher in die Sauna?", was von ihr mit einem lauten Beller bestätigt wurde. Ich heizte die Sauna an und wenn ich dann etwa eine halbe Stunde später im Bademantel ankam, lag mein Terrier schon vor der Saunatüre.

Sie wartete brav, bis ich mich auf der obersten Bank hingelegt hatte, ohne meine linkes Bein aufgelegt zu haben. Ein kurzes Innehalten genügte und mein Hund sprang zwischen meine Füße. Jetzt legte ich mein linkes Bein auf die Bank, so dass die Hündin zwischen meinen Waden lag. Sie ließ ihren Kopf über das Bankende hinaus runterhängen und genoss die Wärme wie ich. Der Abstand zum Ofen betrug noch nicht einmal 80cm, aber so eine Terrierdame ist hart im Nehmen.

Sie wollte es so. Und das bei 90 Grad Celsius!

Nach Punkt 6 Minuten stand meine Lizzi auf und wollte schwer schnaufend wieder raus.

Ich öffnete die Türe und sie ließ sich vor die Sauna plumpsen. Da lag sie, bis ich fertig war und hinterließ einen großen nassen Fleck auf dem roten Fliesenboden.

Diese Saunagänge liebte ich genauso wie meinen Terrier heiß und innig - es war ein veritables Stück Luxus und Kultur in unserer Pampa!

29 - Casse toi

Unser Reich wuchs immer mehr und wurde zur schützenden Hülle. Diese musste natürlich erhalten und gepflegt werden.

Wir gaben uns damals neben dem Arbeiten und Kochen auch dem Studium interessanter Themen wie zum Beispiel alten Bauernregeln hin. Wir lasen viel und kamen auf einen alten Brauch, wie man seine Wohnräume und Tierställe vor bösen Geistern schützen kann. Wir schmunzelten darüber, machten uns dann aber einen großen Spaß daraus und holten Körner aus dem Hühnerstall. Wir stellten eine große Pfanne auf den Herd und brutzelten die Körner so lange bis sie qualmten wie der Teufel.

Mit der rauchenden Pfanne in der Hand - weit von uns gestreckt - durchliefen wir dann einen Raum nach dem anderen, angefangen in der Küche und dem Wohnzimmer, bis durch alle Scheunen, Werkstätten, Hasen- Hühner-, Schaf- und Wachtelställe. Dazu riefen wir laut: „Casse toi" , was so gut wie „haut ab" bedeutet.

Als wir alles durch hatten, überfiel uns ein Gefühl der Reinigung und Klarheit, wie nach einem säubernden Gewitter, auch wenn die ganzen Häuser tagelang nach Qualm gestunken haben.

Geister, Kobolde, Trolle, Gnome oder andere Wichtel wagten es nicht mehr, unseren Frieden zu stören. Alles vorangegangene Schmutzige oder Unangenehme hatten wir mit dieser Aktion ein- für allemal ausgeräuchert. Wir hielten alles fest in unserer Hand und niemand konnte es uns nehmen - es war jetzt wirklich unseres.

Gut, den Marder hat es nicht weiter gestört, der wohnte lange in unseren Dächern und nervte teilweise ordentlich.

Von seinem mörderischen Gestank mal ganz abgesehen....

30 - **Kirschenbett**

Als junger Mann schon wollte ich mir ein eigenes Bett bauen. Es sollte aus Kirschenholz sein, warum auch immer. Vielleicht lag es daran, dass ich als Bub einem Bauern beim Kirschen pflücken geholfen habe. Die schönen Früchte und die stattlichen Bäume müssen es mir irgendwie angetan haben. Viel später - ich war schon berufstätig - begann ich die Suche nach geeignetem Holz. Wie es der Zufall so wollte, standen irgendwo am Kaiserstuhl, in dessen Nähe wir damals wohnten, gleich mehrere Bäume zum Verkauf. Ich schaute mir die zwar bereits gefällten, aber schwierig zu bergenden Stämme an und beschloss spontan, alle vier oder fünf zu erwerben. Mit meinem alten Hanomag, zwar als Wohnmobil umgebaut, aber genauso gut als Lastesel zu gebrauchen, fuhr ich dann fünfmal zur Sägerei, um die Stämme dort entsprechend aufsägen zu lassen. Es sollten 3cm starke Bretter und 6cm starke Dielen sein, damit man eben ein großes Bett zimmern konnte.

Als ich meinem Bruder als Schreinermeister von meinem Vorhaben erzählte, runzelte er sofort seine Stirn und fragte mich - als Schreinermeister - an welcher Stelle die Bäume gestanden wären. Ich schilderte ihm die Situation und als ich vom Hang erzählte, auf dem die Bäume teils standen, machte er eine abweisende Handbewegung und meinte, dass ich mein Vorhaben vergessen könne. Die Stämme, die so wachsen würden, kämen nie wirklich zur Ruhe und meine schön gesägten Bretter würden sich jahrelang in alle Richtungen verbiegen. Obwohl die Bretter eine bestimmt 10-jährige Trocknungszeit hatten, kamen sie nie zur Ruhe und selbst heute schafft die Kraft der Natur weiter.

Die Bäume waren nicht so teuer und ich schon deswegen nicht von meinem Vorhaben abzubringen. Jahrelange Trockenzeit war vorprogrammiert, da ich mich vorerst diesem Thema nicht widmen konnte. Dann in F aber war es eine der ersten Aktionen, für uns ein ordentliches Ehebett zu bauen.

Es maß 2,40m in der Breite und war zwei Meter lang. Wir mussten uns mit zwei 1,20m breiten Matratzen begnügen, etwas Größeres gab es damals noch nicht. Jung verheiratet hätte es auch die Hälfte getan, aber der Planer hatte ja auch die Aufgabe, den Schlafraum mit weit über 30m^2 proportionsgerecht aufzuteilen. Und da passte diese Bettgröße genau. Mit Hundekörbchen, Hundeschlafsofa und Ofen, war es stimmig und hat mit dem großen Kleiderschrank aus altem Kiefernholz in der Ecke gut gepasst.

Dieses Traumbett hat mich mein bisheriges Leben begleitet und erfüllt auch noch heute seine Dienste perfekt, auch wenn es sich mehreren Verkleinerungen unterziehen musste. Im Moment misst es 1,80m in der Breite, an der Länge wurde nie etwas verändert. Und trotz der massiven Füße merkt man, wie die Natur lebt.

Früher akkurat gerade gesägt und gehobelt, haben sich die Bretter schräg nach hinten gedreht und nach vorne verzogen. Halten tun sie aber prima.

Ja, mein Bruder hatte Recht.

31 - Drachen

Die vielen für mich schönen Eisenteile, von denen auch schon einige angerostet waren, aber durch ihre Individualität jedes für sich etwas Besonderes hatte, waren die idealen Stücke, um etwas Neues daraus zu schaffen.

Eine ganze Menge alter Fassringe in verschiedenen Durchmessern - weiß der Teufel, woher ich die hatte - schrien nach Verarbeitung. Es waren so viele, dass ich automatisch an etwas Längeres dachte und so kam mir ein Drachen in den Sinn.

Die Fassreifen, das sind die Eisenbänder, die früher die Holzfässer zusammenhielten, waren für mein Vorhaben hervorragend geeignet. In sich leicht gedreht, bildeten sie den Brustkorb und die idealen Rippen für mein Ungetüm.

Eine alte vielleicht 6m lange Deichsel aus Holz mit Metallbeschlägen wurde das Rückgrat und ein alter Traktorsitz sollte einem Drachenführer mit Peitsche einen passenden Platz bieten. Es bereitete mir höllische Freude, das Teil zusammen zu schweißen, und mit dem Riesenmaul aus dicken Eisenblechen und gewaltigen Hauern aus alten Stemmeisen und Heugabeln war mein Urvieh 8m lang geworden.

Das Maul war mit Scharnieren versehen und sollte sich später elektrisch bewegen lassen, so wie der Drachenführer mechanisch alla "Tinguely" die Peitsche rhythmisch im Takt dazu schwingen sollte.

Er stand schräg raumbildend unter den Akazienbäumen und teilte den Platz in einem ganz bestimmten Verhältnis, was uns sehr gefiel.

Als es viel später um den Verkauf des oberen Teils des Anwesens ging und die Käufer auf die Kunstwerke geierten, nicht aber bereit waren, dafür etwas zu geben, baute ich meinen Drachen auseinander und verfrachtete ihn in das untere Haus, das dann extra verkauft wurde.

Leider konnte ich meine so lebendige und ausdrucksstarke fast lebende Skulptur nicht mitnehmen und so wird sie weiter vor sich hin rosten und weiter zerfallen, wie so vieles Schöne, das wir aus Platzgründen zurück lassen mussten.

32 - Bühnenbild - Cats - Freunde

In den ersten Jahren unseres neuen Lebens kamen auch immer mal wieder unsere alten Freunde aus D. Wir machten Lammkeule am großen Feuer, sie verbrachten eine Nacht bei uns und fuhren dann wieder in ihr Zuhause. Für die damals noch kleinen Kinder, waren die Besuche bei uns bestimmt interessant und eine tolle Abwechslung.

Eines Freitagabends meldete sich mein bester Freund, mit dem ich viele Studienjahre zusammen verbracht habe. Auch später unternahmen wir immer mal wieder etwas. Er war Segelflieger und nahm mich öfter in seinem Flugzeug mit. Er kündigte sich und seine Familie mit Frau und seinen beiden Kindern - 8 und 10 Jahre alt - an.

Mit seiner Ankunft war mir klar, dass ihn irgendwas drückte. Er hatte ein Anliegen, kam aber nicht raus mit der Sprache. So verbrachten wir den Freitagabend und ließen es uns auch den ganzen Samstag über gut gehen. Das Gefühl, dass er etwas mit sich rumtrug, wurde ich dennoch nicht los. Erst am Sonntagmorgen dann beim Frühstück begann er vorsichtig mit seinem Vorhaben. Es war so, dass die Kinder in der Schule eine "Cats"-Vorführung einstudiert hatten und er schon zugesagt hatte, ein Bühnenbild dazu zusteuern.

Dass er dabei an seinen Künstlerfreund in F gedacht haben mag, lag dann doch sehr nahe.

Mein Freund als Vollprofi und großer Macher schilderte mir dann auch so grob seine Vorstellungen. Das Bühnenbild sollte etwa 4 - 5m hoch sein und etwa 10-15m lang. Seine Frau hätte auch schon das entsprechende Material dabei. Wir fielen aus allen Wolken, denn es waren weder Entwurf gemacht, noch die Stoffstreifen für diese Riesenfläche zusammen genäht!

Ich muss zugeben, dass ich in diesem Moment eher an Aufkündigung einer langen Freundschaft dachte, denn an ein konstruktives Miteinander wie von früher immer gewohnt. Nach einem innigen in mich Hineinhören entschloss ich mich dann dazu, meinem Freund zuliebe den Gefallen zu machen, obwohl die Aufgabe - so auf die Schnelle - eine wirkliche Herausforderung war.

Meine Frau holte ihre gute alte Pfaff-Nähmaschine und nähte Streifen für Streifen aneinander, so dass wir die gewünschte Fläche zusammen bekamen.

Ich ließ meinem Unmut über die Haltung der Frau meines Freundes, die nicht in der Lage war, diese Wahnsinnsaktion etwas besser vorzubereiten - unverhohlen Lauf mit dem Ergebnis, dass sie keinen Finger krumm machte, um mit zu helfen, sondern sich schmollend ins Auto verzog, um dort viele lange Stunden auszuharren, bis ihr Mann sie wieder mit den Kindern nach Hause fuhr…...

Zum Glück hatte unsere Scheune die erforderliche Höhe und wir nagelten das Tuch dann rundherum, so dass wir unsere fast 20 laufenden Meter Bühnenkulisse aufhängen konnten. Danach machte ich mir ein paar Skizzen und diskutierte mit meinem Freund ein Bildentwurf mit passender und ansprechender Silhouette.

Ich hatte einen großen Kompressor und eine Spritzpistole und ich glaube, dass er die Farben mitgebracht hatte. Auf Böcken und Leitern balancierend gelang dann die gewünschte Szenerie.

Eine Straßenflucht mit einer Häuserfront auf der rechten Seite, mit Fenstern, Gewänden und Gesimsen und den Dächern darüber, drei Stockwerke hoch, auf der linken Seite schräg ebenfalls eine Häuserzeile in eine Gasse hineinführend. Links und rechts wieder die Darstellung von Häusern in einer Reihe und überdeckt von einem riesigen hellgelben runden Mond, der im blauen Nachthimmel alles überstrahlte.

Ein malerischer Hintergrund für eine Schüleraufführung und es wurde dann auch ein großer Erfolg.

Die Tatsache, dass mein Freund die weite Fahrt von sich aus D nochmal auf sich nehmen musste, da die Ölfarbe noch nicht trocken war und das Riesenteil daher auch nicht sofort transportierbar, war mir eine kleine Genugtuung. Dass er aber das wertvolle Stück dann einfach von den Balken riss, war nicht besonders freundlich, wie auch sein wortloses Verschwinden vom Gelände.

Ab da hatte unsere Freundschaft einen Knacks, obwohl er mir immerhin noch ein schönes Foto von der Aufführung und ein langes Dankesschreiben vom Erfolg der Aufführung mit allen Beteiligten wie Schüler und Chefs zusandte. 20 Jahre später lud ich ihn zu einem Segeltörn ein. Wir sprachen nicht mehr über diese Thema und als er mir bei einer schwierigen Reparatur am Bootsmotor half, war alles vergessen.

Er hatte sich uneigennützig sozusagen revanchieren können.

Im Jahr 2018 ist er - so alt wie ich - plötzlich verstorben. Er fehlt mir - so wie meine mit 53 Jahren viel zu früh verstorbene Frau und mein Bruder, der mit 39 Jahren eine Schlucht am Bodensee hinunterstürzte und zu Tode kam.

Dass ein Hund nicht so alt wird wie ein Mensch, weiß jeder, aber der Tod meiner Terrierhündin war ein ganz besonders schmerzliches Erlebnis. Immerhin wurde sie 15 Jahre alt.

Eine große Bereicherung in meinem Leben ist mein heute 99-jähriger Vater, mit dem ich wie früher diskutieren kann, auch wenn die Batterie seines Hörgerätes immer leer ist und er sich bis auf die Alterszipperlein, die sich halt häufen, bester Gesundheit erfreut und dies bisher auch noch in seinem Kopf.

Und ganz viel Freude beschert mir meine neue Partnerin, mit der ich versuche, alles noch besser zu machen.

Wenn es mir auch nicht immer gelingt, bin ich aber auf dem hoffnungsvollen Weg zu weiterer „Veredelung".

Ich bemühe mich.

33 - DS, die Weiße - Hoch-Zeit

Mit diesem weißen Citroen hatte ich mir den Wunsch erfüllt, einmal einen Oldtimer ganz alleine zu restaurieren.

Das gute Stück stand bei einem Händler in Colmar und hatte nicht viele Kilometer drauf. Es kam schon vor dem Kauf unserer Ländereien in F in meinen Besitz, begleitete mich lange Zeit und wurde dann Bestandteil meiner kleinen "Collection a la DS". Ich kaufte mir ein Profi-Schweißgerät, besorgte mir die neuen Ersatzbleche und fing an, wochenlang zu schweißen. Es war keine leichte Arbeit, aber es klappte dann ganz gut. Zum neu Lackieren ging ich in eine Mietwerkstatt und für mich als Laie kam ein passables Ergebnis heraus. Motor und Technik waren samt der komplizierten Hydraulik ganz gut in Ordnung und es ging bei der Restaurierung vorwiegend um Schönheitsangelegenheiten. Nach einigen Monaten stand mein Prachtstück in weiß mehr oder weniger perfekt vor mir und ich war wahnsinnig stolz, dass es mir überhaupt gelungen war.

Der begehrte Oldtimer war aus dem Baujahr 1970, hatte schon die neue Front mit den beiden Scheinwerfern, die in der Kurve beim Lenken mitschwenkten und so die Straße besonders gut ausleuchteten.

Die alte Idee, eine Weltumsegelung zu machen oder zumindest ein Schiff am Meer zu haben, verfolgte mich immer wieder und je weiter wir mit unseren Häusern kamen, desto größer wurde wieder dieser alte Wunsch.

Schon vorher war ich das eine oder andere Mal nach Martigue in der Nähe von Marseille gefahren, wo man gebrauchte Segelschiffe von Gestrandeten oder anderen Enthusiasten, die irgendwann während der anstrengenden und teuren Vorbereitungen für eine Weltumsegelung gescheitert waren, kaufen konnte..

Es wurde bis dato nie was draus und so beschloss ich - ich glaube, es war in 1998 - mal wieder einen Versuch zu unternehmen. Es ging mir damals finanziell aufgrund des Internetbooms der damaligen Zeit besonders gut und ich fühlte mich zu allen größeren Einkäufen bereit und willig.

Meine Frau wollte nicht mit und nicht nur, weil sie nicht so viel mit Schiffen anfangen konnte.

Haus, Hof und Hunde mussten ja versorgt werden und das war das ihre und sie machte es sehr gerne. Insofern bestand Einigkeit, weil sie ja wusste, dass ich am Bodensee aufgewachsen war und zeitlebens immer mit Schiffen zu tun gehabt hatte.

Und obwohl wir in unserem Hof und Heim überall Wasser hatten, ich kleine Teiche und einige Brunnen gebaut hatte, sogar mit Bach und Springbrunnen - ein Schiff passte halt nirgendwo hin.

So schwebte ich denn mit meiner weißen DS durch die Landschaft, genoss meine Freiheit und war glücklich wie selten in meinem ganzen bisherigen Leben. Die Aussicht auf die Erfüllung eines weiteren Traumes ließ mein Gemüt in hohe Höhen schweben. Ich betrachtete mich von außen und ich kam mir vor wie im Film. Die ganze Veranstaltung hatte auch etwas Unwirkliches, weil ich es mir nie hatte vorstellen können, als kleiner Einzelner so weit zu kommen und schon gar nicht auf diese Weise.

Es war schwierig für mich, meine große Freude wirklich zu empfinden, weil ich es nicht richtig wahrhaben konnte, wie gut es mir ging. Und es könnte ja auch etwas Unvorhergesehenes geschehen - dessen war ich mir immer bewusst.

Dass dieses Unvorhergesehene dann später geschah, lag sozusagen in der Natur der Sache mit den mannigfaltigen Betrügereien an der Börse und meiner Laien-Unfähigkeit, darauf richtig zu reagieren. Zum Glück bin ich aber noch mit zwei blauen Augen davon gekommen im Gegensatz zu anderen, die lebenslang von Zins-und Tilgungsdiensten geplagt wurden und noch werden, weil sie noch vielmehr falsch gemacht hatten als ich.

Mit dem Gefühl des "Grand Patron" ging es also nach Südfrankreich und unter anderem nach Port St. Louis, wo ich mich schon mal um Hafenplätze gekümmert hatte. Das Wichtigste beim Schiffsbesitz ist, dass man einen Platz für das Schiffchen hat. Und das ist immer eine der ersten schweren Hürden, die man nehmen muss. Die Informationen darüber waren schiffsmäßig existentiell und von größter Bedeutung. Deshalb wanderte ich von Hafenmeister zu Hafenmeister und machte mich schlau ob der geringen aber immer sehr teuren Möglichkeiten.

Schon vor meiner Erkundungsreise nahm ich Kontakt mit einem Deutschen auf, der in Port Grimaud nahe St. Tropez so einen Platz hatte - wohlgemerkt mit dem dazugehörigen Appartement - genau oben drüber. Ein weiterer Traum, der sich da in mein Leben einschlich und zum Greifen nahe war. Bei einem Verwalter erhielt ich den Schlüssel und übernachtete in meinem Appartement in spe mit eigenem Liegeplatz direkt vorm Balkon. Das Geld für den Kauf hätte ich damals locker gehabt aber eine dieser inneren Stimmen, die mich nicht nur einmal in meinem Leben zu Recht ermahnt hatten, meldete sich wieder. Ich hatte mit dem Anwesen in F für mich und meine Frau doch schon paradiesische Zustände geschaffen und wir konnten rundherum zufrieden sein.

Als ich mir dann näher die teure und luxuriöse Umgebung meines "Unter-Umständen-Domizils" anschaute, merkte ich, dass dies nicht wirklich mein Platz war.

So verlockend auch die Situation mit Liegeplatz und Bleibe in nobelster Umgebung war, so fremd war mir dieses Ambiente mit all dem Protz, den Luxuskarossen, den aufgetakelten Abgetakelten und die ganze miese Show dieser Geldmenschen. Eine Ansammlung exhibitionistischer mehr oder weniger gelungener Geschöpfe vermiesten mir die an sich sehr nette Atmosphäre mit den Kanälen und den schön gestalteten Häuschen so direkt am Meer.

Daher war für mich die Flucht aus dieser Geld-Welt der Reichen und Schönen die einzige Rettung.

Ich betrachtete es dann als so eine Art Lebenszweig, der aber nicht weiter wuchs und nicht weiter wachsen sollte. Hätte es allerdings geklappt, hätte ich zu späterer Zeit meine großen Verluste mehrfach wieder gut machen können. Aber es ging auch so.

34 - Sabine

Kurz nach meiner Wiederkehr aus Südfrankreich wurde meine Frau krank. Es war ihr immer schlecht, sie hatte entgegen den früheren Zeiten keinen rechten Appetit mehr und sie litt sehr unter ihrem ständigen Unwohlsein. Es waren zig Arztbesuche in D nötig, um herauszufinden, dass sich der Dünndarm im Bereich des terminalen Ileums in sich selbst gezogen hatte, eine sogenannte Invagination, an dessen Stelle sich später ein Leiomyosarkom gebildet hatte. Es war so versteckt, dass man es nur mit Mühe überhaupt feststellen konnte.

Die ersten Jahre sind wir von F aus dann in ihre Uni-Klinik gefahren, in der sie jahrelang zuvor in der Forschungsabteilung gearbeitet hatte - was für ein Schicksal! Später dann gelang es mir, in meiner alten Heimat ein altes Haus zu kaufen, das wieder renoviert werden musste, aber für unsere Zwecke ideal war, zumal ich dort bei einem befreundeten Studienkollegen für die erforderlichen Brötchen sorgen konnte.

Als das gutartige Teil zum ersten Mal entfernt wurde, hatte man gewisse Hoffnung, da diese Art von Tumor nur Rezidive bildete, also im schlimmsten Falle immer wieder kam, was dann auch regelmäßig geschah. Über die Jahre mit mehrmaligen schweren Operationen änderte sich die Qualität des Tumors und befiel andere Organe im Körper. Es metastasierte wild im ganzen Körper. Vielen grauenvollen Torturen musste sich meine Frau unterziehen und unter anderem musste sie sich mit einer geplatzten Leber abfinden, weil der Professor - ich zitiere wörtlich 'wohl ein bisschen zu viel Druck ausgeübt' hatte! Dies geschah im Rahmen einer Alkoholinjektion, mit der man damals einen Therapieversuch unternahm. Sich gegen diese Arroganz und Überheblichkeit zu wehren oder dagegen vorzugehen, war genauso sinnlos, wie daran zu glauben, dass sie je einmal wieder gesund werden würde.

10 Jahre voller Leid hat meine starke und tapfere Frau erleiden müssen, bevor sie endlich erlöst wurde und ihren Frieden bekam.

Sie hatte - neben mir natürlich - mit ihren beiden Hunden Nora und Struppi liebevolle ständige Begleiter. Ich baute ihr ein besonders großes Bett, auf dem auch die Hunde Platz hatten und so war sie nie alleine. Selbstverständlich war ich immer für sie da und besuchte sie täglich im Krankenhaus, wenn sie sich mal wieder in die Hände der Doctores begeben musste.

Ich hatte im Büro zu tun, um wieder Geld zu verdienen und sie wollte mir in keinster Weise zur Last fallen, was so einfach natürlich nicht war. Auch ihr Vater war schon sehr früh an der gleichen Krankheit gestorben, was kein Trost sein konnte.

35 - Weinberg

Es fehlte das frankreichtypische Getränk - der Wein.

Wir hatten an Früchten, Gemüsen, Kräutern, Eiern und Fleisch samt selbstgemachter Wurst, Käse und Brot eigentlich alles zum Essen. Wir waren hundertprozentige Selbstversorger geworden und bei uns standen jahrelang nur die allerbesten und gesündesten Lebensmittel auf dem Tisch, von denen man heute nur träumen kann. Ohne ein Quäntchen Gift oder sonst irgendwas Gepanschtem. Bei uns hielt die Natur pur ihren Einzug und wurde von uns hoch geachtet.

Nur die passende Flüssigkeit fehlte - und das war selbstredend - der Wein.

Das Erbe des Bürgermeistersohnes hatten wir gekauft und auch bezahlt. Er war damit also zufriedengestellt, was den vorgezogenen Nachlass seiner Eltern betraf. Seine Schwester aber wartete auf ihren Anteil, der in Form eines großen Grundstücks mit vielen Tausend Quadratmetern und einem alten verfallenen Haus jahrelang erfolglos auf Käufer wartete. Es lag etwa 80m oberhalb unserer Häuser an derselben Grande Rue und entwickelte sich handtuchartig nach hinten, so wie die meisten der alten Gebäude, die aber auf dieser Straßenseite schon alle abgebrochen oder zusammen gefallen waren. Nur unser direkter Nachbar, der Bürgermeisterbruder hatte sich ein schickes französisches Einfamilienhaus hin gebaut, so dass der Denkmalpfleger keine Chance mehr auf „Rückbau" hatte, als das ganze Dorf später wegen der Burgruine als "Monument historique" klassifiziert wurde. Die kurzen Wege zum möglichen Weinberg , die mögliche Lagerung von Material und Fässern in der alten Hütte, die nette Tochter des Bürgermeisters, ein bis dato gewachsenes angenehmeres Miteinander - nicht zuletzt, weil uns dann doch wegen unserer Schafferei eine gewisse Achtung und Anerkennung zu Teil wurde - waren so viele Argumente, dass man um den Kauf nicht herum kam. Als uns dann die Tochter wegen der schwierigen Verkäuflichkeit des maroden Anwesens preislich noch entgegen kam, war der Deal perfekt.

Weil die Doppelhochzeit der Bürgermeisterkinder an stand und sie sich Einladungskarten von mir wünschten, machten wir noch ein tolles Geschäft. Ich zeichnete einen kleinen Sketch auf eine aufklappbare Karte, die dann für die große Hochzeitsfamilie mehrfach gedruckt wurde. Und der Vater pflügte mir dafür die große Wiese zum Acker um. Mit der Egge verfeinert war es der Grundstock für meinen eigenen Weinberg.

Auf ähnliche Weise kam ich zu Zaunpfählen aus widerstandsfähigem Akazienholz, die der Sohn mit seinem Freund aus dem Nachbardorf mit einer Spezialmaschine in die Erde rammte. Außerdem musste er mir viele Weinbergstämme - auch alle aus Akazienholz - liefern und für die Weinbergreihen in gleichmäßigen Abständen in den Boden hauen. Für

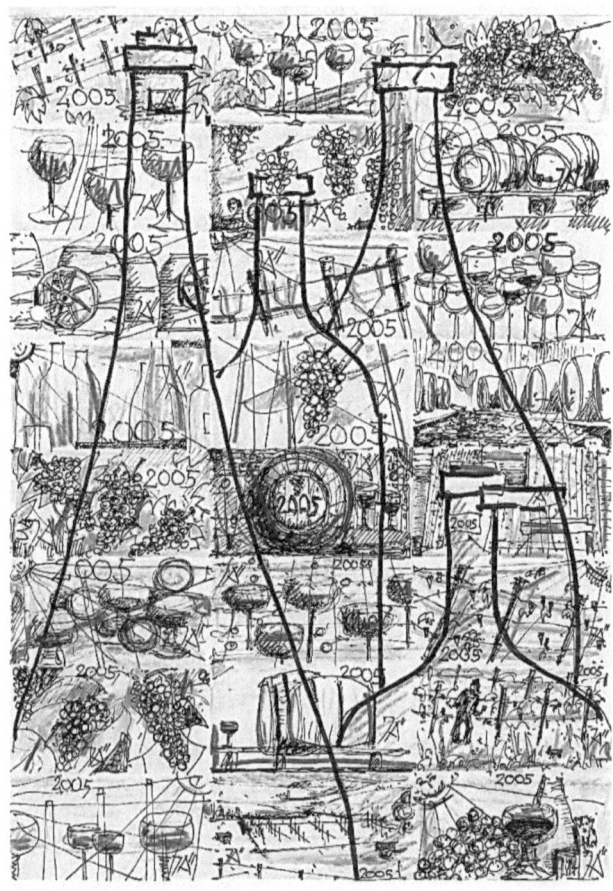

mich alleine wäre dies eine riesige Aktion geworden, für die Bauernjungs war es aber normale Arbeit und die Beiden waren denn auch ruckzuck fertig.

Der Bräutigam sah bei uns einige Aquarelle hängen und so wünschte er sich für seine Dienste von mir eines mit einem ganz bestimmten Motiv aus dem Dorf, an das ich mich aber nicht mehr erinnern kann. Er bekam das ziemlich großformatige Aquarell und ich hatte einen zum Pflanzen vorbereiteten Weinberg.

Zur damaligen Zeit wurde am Kaiserstuhl eine neue Reblaus-resistente Weinrebe auf einer sogenannten "amerikanischen" Unterlage eingeführt.

Durch Kontakte mit einigen Winzern war es dann naheliegend, sich dort mit Reben einzudecken. So pflanzte ich den roten "Regent" an und eine "Vanessa rot", eine Tafeltraube, die uns riesengroße süße Trauben - allerdings mit vielen Kernen - schenkte.

Da meine Frau den Weißwein vorzog, bekam sie extra ein paar Reihen "Phönix". Das war ein sehr fruchtiger und süffiger Wein, so eine Art Müller-Thurgau.

Zugegebenermaßen war die Idee mit dem Weinberg auch einem dort schon wachsenden Rebenstamm mit einem Durchmesser von 12cm zu verdanken, der so kräftig und gesund war, dass er 20m bis auf die Nachbarbäume hinüber wuchs. Es war eine Portugieser Traube mit kleinen Trauben und festem Fruchtfleisch, die nach Brom-und Johannisbeeren schmeckten. Als ich dann so weit kommen sollte, meine Presse auszuprobieren, gewann ich alleine aus diesem wild wachsenden Teil ein ganzes 30-Liter Fass voll!

Die Reben wuchsen in der von den Kühen gut gedüngten Erde schnell an und ich hatte schon im Jahr darauf eine kleine Ernte. Später sollten wir dann soviel pressen, dass wir mehr als gut versorgt waren und alles in unserem schönen kühlen Weinkeller lagern konnten. Der befand sich, durch eine von uns kalksteingemauerte dicke Wand getrennt, im hinteren Teil des alten Kuhstalls im unteren Haus.

Ich war ja Laie und hatte keine Ahnung von Reben und vom Weinbau. Ich trank zwar schon immer gerne Wein, aber wie der in die Flasche kommt, war mir eigentlich ein Rätsel.

Aber wir waren es ja gewohnt zu studieren und hatten uns autodidaktisch schon sehr viel beibringen können. Insofern war das önologische Kurzstudium keine so große Herausforderung für uns "Trainierte".

Die Utensilien wie Säuremesser, Refraktometer, Reagenzgläser zur Oechslebestimmung, entsprechende Weinhefen und auch die Fässer mit Sieb und Trichter waren bald besorgt. Von einem alten Winzer in D kaufte ich eine schwere Traubenmühle und erstand eine gesunde gut funktionierende Zweigang-Weinpresse mit einem meterlangen Schwengel zum Drücken.

Die Oechslebestimmung ist deshalb so wichtig, weil sie etwas über den Zuckergehalt und damit etwas über den zu erwartenden Alkoholgehalt aussagen kann. Das Pflichtinstrument für den Winzer schlechthin.

Auf die Fässer, die mit jedem Jahr wegen der immer größer werdenden Ernte mehr wurden, wurde eine sogenannte Gärglocke aufgesteckt. Der Weißwein wurde nach der Ernte durch die Traubenmühle gedreht und so von einem Großteil der Rispen getrennt. Die roten Trauben wurden aber nach dem Trennen von den Rispen eingemaischt, das hieß, dass sie für etwa 10 Tage in große Bottiche kamen, um fertig gären zu können. Daher kommt übrigens auch die rote Farbe des Weines. Würde man rote Trauben gleich nach der Ernte pressen, wäre er weiss - vielleicht mit einem leichten rötlichen Ton, so wie der Rosé.

Im Mosthof - so nannten wir den heimeligen wohl gestalteten Platz vor dem kleinen Rundbogentor - stand dann auch die zentnerschwere Weinpresse.

Es war eine Zweigang-Handpresse aus Eisenguss und einem Holzkorb, der aus einzelnen Eichestäben bestand. Sie musste mithilfe eines ca 1,20m langen Schwengels bewegt werden. Bei jedem Hub klackte es laut und deutlich und jeder im Dorf bekam mein frohes Schaffen mit.

Die von den Rispen getrennten und ein gemaischten Trauben wurden in den Holzbottich geschüttet, mit abgerundeten Eichedielen abgedeckt und dann mit Hölzern eingeklemmt, so dass die Kraft aus dem darüber liegenden schweren Gussteil auf die Reben wirken konnte.

Was für eine unbändige Freude, wenn der pure Rebensaft in sattem Strahl aus dem Gussboden in den Eimer schoss!

So wurde Fass für Fass sorgfältig gefüllt, so dass die gepressten Trauben in aller Ruhe weiter reifen konnten.

Und dass dies geschehen konnte, musste man die Fässer verschließen, damit kein Sauerstoff mit Bakterien in die wertvolle Flüssigkeit dringen konnte.

Die Gärglocken, mit denen man die Fässer abdichtete, hatten die Aufgabe, das bei der Weingärung entstehende CO_2 aus den Fässern zu entlassen.

Jedes Mal, wenn die Blasen nach oben durch die Gärglocke steigen, wird das die Glocke abdeckende Hütchen angehoben und es ertönt ein Ton, so ein "Blubb" in einer ganz gewissen Tonhöhe. Die aus dem Fass weichende Luft muss einen wassergefüllten Siphon in der Gärglocke passieren.

Je nach Fassgröße und entsprechenden Füllständen in den Fässern ertönen verschiedene Laute in unterschiedlichen Abständen.

Als ich zum ersten Mal dieses orchestrale Schau-
spiel mit den nach oben hüpfenden Hütchen erlebte,
lachte ich schallend vor mich hin wegen dieses für
mich erstmaligen lustigen Erlebnisses.

Es war eine Wonne, meine eigene Ernte mit so
viel Erfolg und auf diese Weise - mit allen Sinnen so
spürbar - erleben zu dürfen.

Es duftete herrlich nach frischem Traubenmost, es umgab die Fässer ein ganz bestimmtes feuchtes und angenehmes Klima in meinem eigenen Keller und dann noch das Konzert mit den weichen und melodischen und ach so fröhlichen Tönen.

Seit diesem schönen Erlebnis für mich war das Weinmachen ein fester Bestandteil unseres Lebens in F.

Die Flaschen wurden von mir vorm Abfüllen gesäubert und am Anfang versah ich sie noch einzeln mit einer sogenannten Schrumpfkapsel. Man kann diese Metallkappen kaufen. Sie werden nach der Verkorkung lose über den Flaschenhals gelegt, festgehalten und dann umgekehrt in heißes Wasser getaucht. Das Metall zieht sich zusammen und verschließt Flaschenhals und Korken fest.

Einen besonderen Spaß bereitete mir der Entwurf von Etiketten. Ich druckte sie aus und machte mir oft die schöne Mühe, sie einzeln und original zu kolorieren.

Da die Produktion über unseren Bedarf hinauswuchs, füllte ich meinen Weinkeller mit den verschiedenen Jahrgängen.

Ich kann mich noch heute über ein paar Flaschen aus dieser Zeit erfreuen. Er schmeckt zwar nicht mehr so wirklich fruchtig frisch, eher herb und bitter, was mir aber nichts ausmacht, da es als völlig giftfreies und gesundes Getränk gilt. Gespritzt habe ich meinen Weinberg nie. Ich brachte biologische Spritzbrühen wie Brennnesseljauche ein und pflanzte Leguminosen, das sind Tiefwurzler wie Löwenzahn und Bohnen, die den Boden auflockerten. Ansonsten konnte der unverwechselbare "Terroir" der Kalkfelsen darunter voll zur Entfaltung kommen.

36 - Kartoffelkäfer

Das Grundstück regte natürlich unsere Phantasie an und wir überlegten, was wir noch mit dem großen Gelände machen könnten.

So kamen wir auf die Idee, es mal mit Kartoffeln zu versuchen.

Ein alter Spruch einer Nachbarin aus D "Setzen, Häufeln, Ernten" unterstützte uns in unserem Plan. Es hörte sich so einfach an und so baten wir den alten Bürgermeister, uns doch nochmal mit Pflug und Egge zu unterstützen.

Die Setzkartoffeln waren auf dem Wochenmarkt schnell besorgt und auch die Anlage des Kartoffelfeldes war ein Leichtes. Wohlgemerkt, für uns zwei eigentlich ein unverhältnismäßig großer Akt, auch wenn die dann selbst gezimmerte übervolle Kartoffelhorde für monatelange Versorgung reichte.

Die Kartoffeln wuchsen neben dem Wein vor einem etwa 15m hohen Sauerkirschbaum, den wir auch unser eigen nennen durften und der uns mit köstlichen Früchten mehr als kiloweise versorgte.

Und die Erdäpfel wuchsen und wuchsen, bis der Kartoffelkäfer kam.

Zugegebenermaßen haben die ausgewachsenen Exemplare mit ihren schwarzen Streifen auf gelbem Panzer etwas Malerisches, die Stadien des Käfers davor sind aber als absolut scheußlich und als grauenvoll zu bezeichnen.

Am Anfang mühten wir uns noch ab, eimerweise die Viecher vom Acker zu sammeln, bis wir dann wegen der Flut von Tierchen frustriert aufgaben. Einen Teil sollte die Natur für sich bekommen und obwohl sie die meisten Blätter abgefressen hatten, war die Ernte enorm.

Als ich dann mit vollen Eimern bei einer Nachbarin vorbeilief und sie neidisch auf unsere Ernte schaute, spürte ich förmlich den alt bekannten Ausspruch:

„Die dümmsten Bauern ernten die größten Kartoffeln".

Auch ich dachte daran, es fiel aber kein Wort.

Über viele Monate hinaus waren wir mit eigenen Kartoffeln versorgt, ließen es aber bei diesem einmaligen Versuch.

37 - DS, die Blaue

Wie schon angesprochen, galt eine meiner Lieben großen Citroens - es waren die D-Modelle, die bei den Insidern unter dem Namen "Déesse" bekannt waren. Das heißt auf Französisch "Göttin".

Auch wenn sie nicht gerade einer Hera oder einer Diana glich, hatte sie doch außergewöhnliche Eigenschaften. Sie wurde erstmals im Jahre 1955 auf dem Pariser Autosalon ausgestellt und wurde anlässlich nur dieser einen Ausstellung zum absoluten Verkaufsschlager und über 90.000 Mal bestellt!

Es war ein neues revolutionäres Gefährt, dass alles bisher Dagewesene in den Schatten verbannte. Hydraulische Lenkung, Luftfederung, Scheibenbremsen, in der Kurve mitgehende Scheinwerfer und ein Design, das seines gleichen suchte. So war dieses Modell seit seinem Beginn eine nicht nur wunderschöne, sondern auch charakteristische Erscheinung in der Autowelt, von der auch heute noch viele träumen.

Schon als Student leistete ich mir so eine tolle Karosse, eine ID19B, die mein Vorbesitzer mit der neuen Front mit zwei Scheinwerfern schon modernisiert hatte. Früher gab es nur zwei einzelne runde Scheinwerfer, zu denen dann noch zwei kleinere neben dran kamen.

Ich fuhr dann einige dieser Modelle und konnte mir später in F durch den Kauf einer Scheune einen würdigen Platz für meine kleine Sammlung leisten.

Was so einen Sammler eben auszeichnet, ist die ständige Unruhe in der Nase, um noch etwas Interessantes zu finden oder einer Gelegenheit entgegen zu gehen, sei es auf Flohmärkten oder speziellen Oldtimer-Treffen oder wo auch immer.

Man ist quasi ein bisschen verseucht und bleibt es auch lange Zeit, je nachdem, ob man es schafft, das Hobby und die Leidenschaft aufzugeben.

Was sich denn auch in meinem Falle später so ergab.

Die Informationen unsere Umgebung betreffend bezogen wir aus einem "Hebdomadaire", einem Wochenblatt mit den neuesten Nachrichten und Ereignissen aus der Umgebung und Region.

Im Anzeigenteil unter der Rubrik "Vehicules" fand ich sie dann - meine Traum- DS.

Es war eine DS 21 injection in Pallas-Ausführung hellblau metallic und schwarzen Ledersitzen. Wie sich später herausstellte, hatte sie zuerst dem leiblichen Sohn Paul Panhards gehört, dessen Vater zusammen mit dem Original André Citroen die ersten Autos baute!

Es war also ein echtes Promi-Fahrzeug und ich zitterte - ohne dies zu wissen - dem Ort des Verkaufs entgegen. Vielleicht 30km oder 40km von uns entfernt in der Nähe einer Region mit vielen kleinen Seen, hatten wir uns verabredet.

Es war irgendwo in einer Dorfnähe, aber außerhalb mitten auf einer Wiese.

Und so näherte ich mich einem Barockschloss, das breit und mächtig auf einer kleinen Anhöhe lag.

Es empfing mich ein Impressionismus alla Renoir oder Sisley, ein Bild von spielenden Kindern vor der Szenerie dieses originalen historischen Hintergrundes.

An einem riesigen Tisch, der mindestens 10m lang war, saß die Großfamilie und hatte das Mittagsmahl gerade beendet.

Ein großer Nussbaum ließ seine ausladenden Zweige halb über den Tisch hängen, überall standen Blumen auf dem Tisch, es war weiß gedeckt und mindestens fünf oder sechs Kinder liefen spielend und grölend herum. Dazu kamen der Opa und noch zwei oder drei Paare, die sich unterhielten, aber keine weitere Notiz von mir nahmen.

Und rechts davon, bereits aus einem kleinen Nebengebäude herausgeholt und präsentiert, stand die

Schöne und glitzerte verführerisch blau-metallisch im warmen Sonnenlicht.

Der Patron hatte sich wohl schon zum Mittags-schläfchen verabschiedet und so wandte ich mich vertrauensvoll an die Grandmere, die sich mir inte-ressiert zuwandte.

Mit meinen Französischkenntnissen war es nicht so weit, weil ich in der Schule Englisch und Latein hatte, aber immerhin kann ein kleiner Wortwechsel zustande, bei dem es mir gelang, ihr meine Begeiste-rung für diese Art von Autos mitzuteilen, was sie gut verstand, indem sie mir dann wissend bestätig-te: " La vie sans passion est rien" - was bedeutet: ,Leben ohne Leidenschaft ist nichts'.

Nach diesem kleinen Entree kamen dann die Söhne und auch der Patron und nach einer kurzen Probefahrt auf dem Gelände wurden wir uns schnell einig.

Der Wagen fuhr zwar, war aber völlig falsch ein-gestellt und ziemlich ramponiert, da die Jungs ohne Rücksicht auf dieses Luxus-Teil durch Wald und Wiesen gefahren waren. Dementsprechend sah der Wagen denn auch aus.

Aber irgendwie lief sie so einigermaßen und ich wagte, den Heimweg anzutreten - mit Erfolg. Ich zahlte, was sie wollten, nahm die Papiere in Empfang und fuhr meine Göttin nach Hause.

Es gab danach noch einen monatelang andauernden Schriftverkehr, weil der Opa als Eigentümer des Wagens verstorben war und der Wagen in einer Erbmasse landete, die zuerst auseinandergeklügelt und definiert werden musste. Irgendwann bekam ich dann eine französische Bestätigung von einem dieser Superämter in Frankreich, die unsere Bürokratie in D um ein Vielfaches übertreffen.

Ein Grund, nicht nach F zu ziehen.

Nicht nur der strengen Bürokratie wegen musste ein derartiger Aufwand betrieben werden. Der Vorbesitzer war der Präsident der Handwerkskammer in Paris und somit eine hochgestellte Persönlichkeit, die sich auch posthum nichts zu Schulden hat kommen lassen dürfen.

Diese hohe Stellung zeichnete sich auch auf dem Nummernschild meines Schatzes ab.

Es hatte die Nummer 9 VV 75.

Nur den Chefs der höchsten Ämter waren die ersten Zahlen auf den Kennzeichen vorbehalten und so wurde mein Auto noch prominenter und ich noch stolzer ob so eines Schnäppchens weit draußen in der Pampa.

Immerhin hatte ich die 9 und die 75 für Paris!

Nachdem ich mir bereits den Traum, einmal so ein Gefährt von Grund auf selbst zu restaurieren, erfüllt hatte, war ich auf der Suche nach einem Profi aus D, der die Sache übernehmen sollte. Es gab einige Interessenten, die es vielleicht auch gut hinbekommen hätten, aber die menschliche Ebene reichte mir dafür nicht aus.

Zudem schritt die Krankheit meiner Frau beängstigend voran und ich erhörte ihr Bitten, endlich doch mit den alten Autos aufzuhören und verkaufte dann dieses einmalige wertvolle Stück an einen geschäftstüchtigen Händler aus D.

So wie alle anderen Schätze - es waren immerhin 5 Stück an der Zahl - die in meiner Oldtimer-Scheune im Nachbardorf gut untergebracht waren.

Wenn man immer so aus dem Vollen schöpfen kann, schadet es nicht, wenn man mal auf etwas verzichtet.

Es ist am Anfang schmerzlich, später dann, wenn man älter wird, gehört es zur reifen Haltung des "Erwachsenen", dass man loslässt und verzichtet.

38 - Burg

Unser Dorf wurde maßgeblich von einer riesigen Burgruine mit einem integrierten Schlossteil aus der Renaissance bestimmt. Sie stammte aus dem 12. Jahrhundert und hatte ursprünglich sieben Türme. Drei oder vier davon waren zumindest in Teilen auch noch wirklich da, einer davon in seiner ganzen Größe.

Keine 100m von uns entfernt lag das malerische ruinöse Ensemble vor uns in einer Senke.

Als wir ins Dorf kamen, lebte noch die alte Burgfrau mit ihrem Herrn. Der Herr war ein primitiver Bauer, wie wir mehrfach erfahren durften. Er ließ keine Gelegenheit aus, uns seinen Hass zu zeigen. Es reichte ihm, dass wir Deutsche waren.

Als denkmalbegeisteter Architekt, der auch schon während seiner Berufsausübung in D mit Burgsanierung zu tun hatte, war ich natürlich neugierig und stellte anlässlich eines Besuches auf dem Katasteramt in der nahe gelegenen Stadt fest, dass die Burg eigentlich gar nicht existierte. Und das im Jahre 1991!

Lediglich die Schlossscheune war als Nutz-Immobilie in den Plänen vermerkt - die Burg gab's nicht!

Nur die Scheune war steuerlich relevant, das andere konnte landwirtschaftlich nicht genutzt werden und war daher auch nicht von Bedeutung.

Wie ich dann erfuhr, wurde die Scheune vom „Burgherr" und noch einem Bauer aus dem Dorf genutzt und in der Mitte geteilt. Die Trennung des Gebäudes verlief in Firstachse, der dauernde Streit zwischen den Parteien war schon durch das gemeinsam zu nutzende Tor vorprogrammiert.

Nachdem Burgfrau und dann schließlich auch noch der dazugehörige Bauer das Zeitliche gesegnet hatte, konnte endlich der Sohn, der im Nachbardorf mit seiner Frau und seinen beiden Kindern lebte, das heiß ersehnte Erbe antreten.

Er witterte bis dato grandiose Geschäfte durch Eintrittsgebühren und sonstige Events im Schlosshof, sowie bei Führungen durchs Ensemble. Seine Gier wurde dann auch prompt durch jährlich regelmäßig steigende Eintrittsgelder bestätigt.

Zum Glück nutzte ich den früher noch freien Zugang für Jedermann und machte ein paar Skizzen und Zeichnungen vom historischen Bestand.

Obwohl wir den jungen Erben positiv gegenüber standen und sie sogar einmal einluden, kam kein näheres Kennenlernen in Betracht. Vielleicht witterten sie etwas, von dem ich anfänglich keine Ahnung hatte.

Als dann aber die Kinder unseres Nachbarn gegenüber ganz vorsichtig bei uns anklopften und uns fragten, ob wir Interesse an Ihrer Burghälfte hätten, war uns alles klar. Nicht nur die große Burgscheune, sondern die komplette Burganlage war zwischen den beiden Parteien aufgeteilt worden. Und unserem Nachbarn gehörte eben die andere Partie.

Voller Überraschung und auch erstaunt über die große Ehre, die uns mit diesem Angebot zu Teil wurde, machten wir uns auf, um möglichst viele Informationen zu bekommen.

Wochenlang wälzten wir Unterlagen und alte Pläne, um uns klar werden zu können, mit was für einem Erbe wir uns rumzuplagen hätten, wenn wir uns diesem Objekt verschreiben würden.

Eine uns über Verwandtschaft bekannte Professorin aus der nächsten großen Uni-Stadt in F half uns beim Übersetzen des Original-Kaufvertrages, der zum Teil noch in Altfranzösisch abgefasst war.

Es war mehr als interessant, wie schon seinerzeit aus bekannten menschlichen Gründen die Abhängigkeiten beider Parteien so gestaltet wurden, dass beide mitmachen mussten.

Keiner von den Beiden konnte etwas machen ohne Einverständnis und Zustimmung des anderen. Es entstand eine Zwangsgemeinschaft, die zum Zwecke hatte, dass beide überleben konnten und jeder vergleichbare Rechte bekam.

So kann ich mich erinnern, dass im Treppenhaus das Podest die eine Hälfte bekam, während der erste Treppenlauf der anderen Partei zugeschrieben wurde. Und so ging es weiter. Das erste Obergeschoss gehörte Partei A, die dazugehörige Treppe der Partei B, weil diese die Erschließung für das darüber liegende Geschoss darstellte. Es war wie ein Kontrakt mit dem Teufel. Und so wie man vermuten konnte, war es dann auch.

Die Bauern waren völlig zerstritten und unser klügerer Nachbar nutzte aus bekannten Gründen seinen Teil der Scheune nur als Abstellplatz für ein paar alte Autos und Maschinen.

Die Angst der französischen Eigentümer, mit einem deutschen Zeitgenossen teilen zu müssen, war berechtigt, staunten doch alle im Dorf nicht schlecht, was wir als Macher in den letzten Jahren so alles hinbekommen hatten.

Es vergingen Wochen voller intensiver Überlegungen und Auseinandersetzungen, aber uns war trotz des riesengroßen Reizes bald klar, dass wir unser Leben in Frieden genießen und nicht in Streit und voller Hass verbringen wollten. Denn der war vorprogrammiert.

Die Summe, die wir damals dafür hätten zahlen sollen, war lächerlich, doch die Last, die wir uns aufgebürdet hätten, wäre nicht mit Geld aufzuwiegen gewesen.

Als sich dann Jahre danach die Krankheit meiner Frau bemerkbar machte, waren wir umso erleichterter, dass wir uns diesem Riesenschritt ins Ungewisse verweigert hatten.

Aber höchst interessant war es allemal!

39 - Stille

Mag sein, dass einen in einem Kloster oder in einer Krypta das Gefühl der Stille überkommt.

Es ist alles ruhig um einen herum und man fühlt sich an einem ganz besonderen Ort.

Man wird in einen anderen Modus versetzt, spricht ganz leise oder flüstert, weil man eine Art von „Heiligkeit" spürt.

In unserem Dorf gab es, solange es noch die Kuhbauern gab, den ganzen Tag über die typischen Geräusche. Da liefen die landwirtschaftlichen Maschinen, die Traktoren wurden angelassen, die Kettensägen jaulten auf, manchmal muhten auch die Kühe, Autos kamen so gut wie keine vorbei. Der Milchwagen holte die Milch ab und als es noch keine Kinder im Dorf gab, fuhr auch kein Schulbus.

Im Sommer kam der Bäcker täglich, im Winter nur samstags.

Nachts aber, wenn die Nacht „fällt", wie der Franzose sagt und nicht „hereinbricht", wie der Deutsche sich ausdrückt, wurde es immer still bei uns im Dorf.

Es war alles so unbeweglich, als hätte man es festgezurrt, so dass sich nichts bewegen konnte. So hatte man oft das Gefühl.

Es war eine Art kosmisches Empfinden, das All war so nah, in meinem ganzen Leben habe ich nicht solch wunderschöne und glasklare Sternenhimmel gesehen wie dort. Es war ein unwirklich wirkendes Erlebnis, weil man es nicht fassen konnte.

Man lebte mit Menschen in einem Dorf zusammen, aber es regte sich nichts.

Es war still.

Vom lauten Leben in einer Großstadt so weit entfernt, dass es für uns eine Art Wunder war.

Der Friede war greifbar nahe und wenn der Kauz mit seinem Sprachfehler über viele Jahre hinweg sich immer mal wieder meldete, erschrak man regelrecht ob dieser ungeheuerlichen Störung.

Auch dieses schöne Erlebnis war ein bedeutender Teil in unserem Paradies.

40 - Spannend

Ja, so ein aktives Leben kann schon sehr spannend sein, wenn es auch sehr anstrengend ist. Man muss es sich nehmen und natürlich auch in der Lage sein, es sich nehmen zu können. Und dazu gehört sehr viel Kraft, die nicht jeder aufbringen kann oder will.

"Chaqu'un á son goût" - jeder nach seinem Geschmack, wie der Franzose sagt - und nach seinen ‚individuellen Leistungsvoraussetzungen‘, wie ein Begriff aus der Terminologie der Berufsgenossenschaft heißt.

Vielleicht wird man auch in gewisser Weise gezwungen, wenn man nicht zufriedenstellende Situationen vorfindet. Dann muss man. Oder man lässt es bleiben, dann hinkt man lebenslang verpassten Chancen hinterher. Und das kann schnell zum Frust und persönlichen Absturz führen.

Für uns waren diese ungewöhnlichen "Einsätze" der Weg. Die Aktionen waren immer sinnvoll, weil nicht nur immer etwas entstand, es war immer ein konstruktiver kreativer oft meisterlicher Prozess, der immer selbstbestimmt war. In einem Wirtschaftsunternehmen oder Firma hätte man es sicher "weit" bringen können, wie man so sagt, aber die normativen Vorgaben, wie so etwas zustande kommt, waren mir zuwider. Ich konnte und wollte mich nicht auf diese Weise verwenden um nicht zu sagen verschwenden lassen. Meine Kräfte, meine Ideen und mein kreatives Potential wären einem Konzern oder einem Unternehmen zugutegekommen.

Nicht nur, dass man mehrfach von diesen Eigenschaften profitiert hätte - man hätte mir vor allem meine Lebenszeit gestohlen. Gut, ich hätte dafür Geld bekommen und vielleicht ein positionsgerechtes Ansehen - aber von wem? Das hat mich noch nie interessiert und wenn man sich heute die Nieten wie viele Politiker, Chefs, Abteilungsleiter und sonstige Verwaltungsangestallte anschaut, wird mir immer noch speiübel ob der Selbstgefälligkeit, der Überheblichkeit und der Arroganz vieler dieser Blindgänger. Sicher sind nicht alle so, es schreit aber zum Himmel, mit wieviel Unkenntnis und Schleimerei manche so weit kommen - und von denen man dann abhängig ist und - eben beurteilt wird.

Wenn man also etwas älter wird, so wie ich jetzt gerade, dann überlegt man sich , wie das Leben denn so gelaufen ist, man erinnert sich und schreibt dann vielleicht das eine oder andere auf.

Man sucht sicher auch Gründe, warum es denn so ging und nicht anders, vor allem, wenn man früher eben nicht zufrieden war und jetzt so ein Stück

„weiter" gekommen ist. Auch wenn der Weg wirklich kein leichter war.

Es sind aber nicht nur die Kräfte, die man geschenkt bekommt oder nicht hat, es sind auch immer wieder Vorkommnisse und Zufälle, die man hat oder nicht.

So bin ich zu der Überzeugung gekommen, dass man dem Glück immer ein bisschen entgegen gehen muss. Es kommt nicht - oder nicht immer - von alleine.

Erkenntnis beruht auf Erfahrung. Und die kann man machen, wenn man sie sucht.

Als junger Mann war ich lange Zeit lethargisch und lustlos, nach der Schule war gar nichts los mit mir. Bis mir ein Freund, der heute im Bundestag sitzt, die Freude am Reisen vermittelte. Er hatte in der Schule Französisch und durch Schüleraustausch auf deren Bauernhof in einem kleinen Dorf am Bodensee gab es auch immer wieder Austauschschülerinnen. Mein Freund ließ hier nichts anbrennen und hatte großen Spaß mit denen. Als Hausfreund bekam ich dann interessante Sachen mit. Der damaligen Freizügigkeit geschuldet, ging es auch dann - immer mal wieder mit einem kleinen Pfeifchen dazwischen - zwangs- und angstfrei ordentlich zur Sache.

Was für Zeiten mit Jimmy Hendrix, Frank Zappa und den Stones....

Dass ich mit 19 Lenzen zum ersten Mal nach Paris trampte, war von meiner Mutter eigentlich strikt verboten. Aber mir egal, ich musste raus aus dem Mini-Dorf, in dem wir von unserer Sklavenhalterin an die Kette gelegt worden waren. Mit den anderen Jugendlichen durften wir nicht verkehren - wir waren ihrer Meinung nach etwas Besseres. Dabei wollte sie uns (wir waren vier Kinder) nur für sich - wir waren ihr persönlicher Besitz.

So genoss ich denn meine selbstverordnete Freiheit und haute einfach ab. Die Tage beim Trampen und in Paris selbst, waren der Hyper-Kick in meinem damaligen so traurigen Leben. Ich hatte noch das Glück, die alte „Rue des Halles" sehen zu dürfen, in denen sich die Schlachthöfe für ganz Paris befanden. Auf offener Straße wurden die Tiere geschlachtet und an gusseisernen Konstruktionen aufgehängt. So hingen die blutenden Leiber zu Hunderten herum und die Straßen waren voller Gestank und blutgefüllten Pfützen. Damals rauchten wir Gauloises und ich entwickelte eine besondere Vorliebe für die mit dem grünen Päckchen. Es gab sie damals ja in fast allen Farben. Die Besuche in den Pariser Bars, die man in dieser Form heute nicht

mehr findet, waren für mich Grünschnabel das Erlebnis schlechthin. Hier fand das große pulsierende
Leben statt, von dem ich vielleicht schon gelesen
hatte, aber diese Nähe war mir neu und ich fand es
grandios! Die vielen neuen Erlebnisse und Eindrücke bei diesem ersten Trip nach F gaben mir Kraft
für neue Unternehmungen.

Als ich dann ein Jahr darauf mit großem Ruck-
sack bepackt ganz alleine von einem kleinen Städtchen im Schwarzwald, in dem ich eine Zeitlang bei
meinem Vater wohnte, ans Nordkap aufbrach, war
für mich klar, dass es Alternativen gibt.

Man musste sie sich eben nur nehmen.

Die Reise führte mich durch ganz Skandinavien
und als ich - mich eigentlich schon auf der Rückkehr
befindend - in Amsterdam fand, beschloss ich, noch
bis nach Griechenland weiter zu ziehen.

Weil ich damals viel las, hatte ich ein gewisses Interesse an griechischer Mythologie - ich hatte halt
schon mal was davon gehört - Orakel zu Delphi,
Odysseus und so - und es interessierte mich.

Damals gab es für junge Reisende das "interrail-
Ticket", mit dem man verbilligt durch Europa reisen
konnte. Leider galt es nur für eine bestimmte Zeit -
es war glaube ich vier Wochen. Diese Zeit war na-

türlich schnell verbraucht, ich scherte mich nicht darum und zog einfach weiter. Ich hatte vorher auf dem Bau gearbeitet und hatte genug Geld dabei, um die Welt weiter zu erkunden. Außerdem war man genüg- und sparsam und Geld brauchte man vor allem für Bus und Bahn. So landete ich auf der Akropolis in Athen und fand es toll, dass mir dies gelungen war. Ganz klar erinnerte ich mich an einen Gedanken in der zweiten Klasse in der Dorfschule, wo es um Griechenland und Athen ging. Und ich dachte damals bei mir als 7- oder 8-Jähriger. 'Wirst Du jemals in Deinem Leben so weit weg und dort hinkommen können?'

Neue Erlebnisse, neue Bestätigung, eine neue Art von Selbstbewusstsein eroberte mich wegen meiner neuen Unternehmungen und ich war so froh, dass ich es - entgegen dem entschlossenen Nein der Erziehungsberechtigten - gewagt hatte, auszubrechen.

Es war aber sogar in reiferen Zeiten immer dieser anstrengende und fordernde Kampf zwischen mir und dem endlich gefundenen Ego, ob man nicht doch eher "folgen" sollte.

Und die Auseinandersetzung mit den Menschen, die mich umgaben und die mit meinem Ungehorsam immer konfrontiert wurden.

Früher war ich eher der Zurückhaltende und Schüchterne, aber nach den geschilderten Ereignissen und den Projekten, die mir so entgegen kamen, war die Bewältigung derselben das erste Gebot und hatten Vorrang.

Daher konnte ich nicht immer genügend Rücksicht nehmen - und sicher wollte ich es auch nicht, denn sonst wäre nichts oder zumindest viel weniger passiert!

41 - Bienenvolk - die Letzte

Wie schon angesprochen, brauchte es viele Jahre, um unser so schönes und einmaliges Paradies zu verkaufen.

Immer wieder waren Fahrten dorthin notwendig, um nach dem Rechten zu sehen, ob es irgendwo reingeregnet hatte oder ob sonst irgendeine neue behördliche Auflagen wie die Aufforderung, sich an den neuen Gemeindekanal anzuschließen oder so nervten.

Es waren mühsame und anstrengende Gänge dorthin, weil die letzten Jahre durch die Krankheit meiner Frau sehr getrübt waren und sich die Versuche, das schöne Gut zu verkaufen, meistens als reine Metzgergänge erwiesen.

Zudem waren die Besichtigungen von vielen Scheininteressenten so zermürbend, dass man eigentlich gar keine Lust mehr hatte, dorthin zu fahren.

Doch das Anwesen musste irgendwie abgestoßen werden und es dauerte noch viele Jahre bis nach dem Tode meiner Frau, bis die geliebten Gemäuer dann endlich den Besitzer gewechselt haben.

In diesem Zusammenhang sei die Bemerkung gestattet, dass selbst nach der langen Zeit des Eigentums der französische Staat gnadenlos zugriff.

Und das, obwohl wir einen deutlichen Beitrag zur französischen Kulturhistorie durch unseren Einsatz, der von einheimischer Bevölkerung nie hätte bewältigt werden können, geleistet hatten.

Es sei gestattet, darauf hinzuweisen, dass noch im 17. Jahrhundert eben dieser Teil, in dem wir wieder aufbauend tätig waren, zu Württemberg gehörte. So waren wir denn im alten Land wieder tätig und haben einen kleinen aber wesentlichen Teil unserer Haltung und unserer Fähigkeiten sichtbar werden lassen können.

Eine große Liebhaberei, die ich heute als eine Art Luxusleben bezeichnen würde, und zwar nicht nur wegen der besonderen „Ernten".

Leider war bei diesen Verkaufsterminen auch die eine oder andere Übernachtung erforderlich und so musste ich denn - alleine - in unserem alten Ehebett übernachten. Und als ich eines Abends spät ankam, bemerkte ich eine Veränderung vorm Fenster.

Es hatten sich da in wenigen Wochen Bienen eingenistet und den gesamten Zwischenraum zwischen Fenster und geschlossenen Klappläden mit Bienenwaben zugebaut. An ein Öffnen der Fenster war nicht zu denken.

Am frühen Morgen unternahm ich dennoch einen Versuch in der naiven Hoffnung, ich könne vielleicht einer der Klappläden aufstoßen. Das musste ich jedoch mit einigen Stichen heftig büßen, die mich noch wochenlang an meinen Unsinn erinnerten.

Damit die Bienen irgendwie und -wo unterkommen konnten, erinnerte ich mich an einen Imker, der nicht weit in einem Nachbardorf wohnte. Dort hatten wir früher immer mal wieder Honig gekauft.

Nach langen Erklärungen und Schilderung der Situation und eindringlichem Bitten - da ich hier nun die Lösung meines Problems witterte - kam der Monsieur dann auch erst mal zur Begutachtung.

Was ich damals nicht wusste, ist, dass die Lebendigkeit eines Bienenschwarms eindeutiges Indiz für die Arbeits- und sozusagen Geschäftstüchtigkeit eines Bienenvolkes ist. Und ob meiner fleißigen und ständig herumschwirrenden Tierchen war dann Monsieur so erfreut, dass er seine Rettungsaktion auf den Nachmittag ankündigte, was mir sehr recht war, wollte ich doch wieder nach D zurück, da ich hier nichts mehr verloren hatte.

Mit einem "Quatrelle", einem alten R4 aus den siebziger Jahren, kam er dann mit seinem professionellen Equipment sehr fachmännisch an. Zur Dokumentation seiner Bedeutung und Wichtigkeit parkte er quer auf der Straße, so dass jeder gezwungen war, ihn zu beachten.

Sein Einsatz entsprach dem einer mindestens mittleren Katastrophenkategorie und - der Miel-Monsieur - hatte alles unter Kontrolle.

Bis zu seiner Einsatzfähigkeit verging jedoch eine lange Zeit, da er sich und sein professionelles Vorgehen regelrecht inszenierte. Bis er diesen weißen Anzug mit dem Schutzgitter und -haube angezogen hatte, das Pfeifchen nach zig-Versuchen endlich angezündet bekam und sich sonst bienenmäßig geschützt hatte, verging mindestens eine Stunde.

Wollte ich doch so dringend weg, waren es für mich gleich gefühlte zwei bis drei Stunden, ohne dass er überhaupt mit der "Rettung" angefangen hätte!

Nachdem ich ihm dann noch eine Leiter hingestellt hatte, fing er supervorsichtig an, seinen umgebauten Staubsauger in Gang zu setzen. Er öffnete von außen einen der beiden Klappläden um einen kleinen Spalt und da er davor kräftig seinen Rauch reingeblasen hatte, waren die Tierchen auch ganz friedlich.

So begann er jede der Bienen einzeln zu bearbeiten und seinem Spezialsauger einzuverleiben. Ich hatte zudem das Gefühl, dass er jede einzeln begrüßte, war er sich doch sicher, dass er hier einen guten Fang gemacht hatte.

Für die Nichteingeweihten:

Ein Bienenvolk besteht etwa aus 80.000 Tieren - mein Tag war vorbei und mein französischer Bienenonkel schlürfte bis spät in den Abend seine wertvolle Beute in seinen antiquierten Staubsaugerbeutel, den er zig Mal leeren musste.

Dass er kostenfrei zu einem so großartigen Bienenvolk gekommen war, hielt ihn nicht davon ab, noch Geld von mir zu verlangen.

Ich gab ihm das Geld und weil ich viele Franzosen bis dato so gut kennengelernt hatte, regte ich mich auch nicht mehr auf.

Mit dieser Aktion schloss ich mit diesem Kapitel ab, da zu diesem Zeitpunkt das Haus verkauft und einen Tag zuvor auch bezahlt worden war.

42 - Landnahme

Erst als es um den Verkauf der Immobilien ging, wurde uns klar, dass wir fast ein Drittel des Dorfes besaßen.

Da sich bald herausstellte, dass Franzosen unsere alten Gemäuer nicht haben wollten, konzentrierten wir uns darauf, in Deutschland Nachfolger zu finden. Wie schon angesprochen, war es nicht einfach, für unsere Liebhabereien passende Käufer zu finden.

Als es dann nach vielen Jahren doch gelang, stellten wir nach Studium der Geschichte fest, dass dieses schon früher einmal württembergisch war, „uns" also früher eigentlich schon gehört hatte.....

Nicht weit von uns lag eine Stadt, die sogar vom Stadtgründer meiner Geburtsstadt im Schwarzwald gegründet wurde. Wir haben uns also viele Jahre auf heimischem Grund und Boden befunden, ohne es genau zu wissen.

Es ist sicher keine große Genugtuung, aber es befällt mich heute noch ein kleines Schmunzeln, wenn ich daran denke, dass es uns „gelungen" ist, altes Gebiet wieder „zurück zu erobern", und das ohne Einheirat oder so. Nationalist bin ich aber wirklich nicht.

Immerhin besteht - durch unsere „Verkaufs-Politik" - die heutige Bevölkerung des Dorfes nahe-zu zur Hälfte aus deutschen Einwohnern.

Und das deutsche Rentner-Ehepaar, das schon vor unserer Zeit im Dorf war, mischt im Gemeinde-rat mit, so dass Europa weiter wachsen kann.....

43 - Schlüsselerlebnis

So wie man dem Glück immer ein Stückchen entgegen gehen sollte, denke ich, ist es wichtig, dass man auf der Suche ist.

Auf der Suche nach etwas, was einem gefällt, was einen fasziniert, woran man Spaß hat und was einen interessiert.

Dabei trifft man zwangsläufig auf Menschen, von denen man lernen kann oder auch nicht. Man erlebt etwas, aus dem man wieder etwas lernen kann und Erlebnisse hat, die einem die Richtung weisen und Orientierung geben können.

Schlüsselerlebnisse, wie man sagt, sind es, die einen weiter bringen können, wenn man denn will.

Bei mir war es zumindest so und ich bin dankbar, dass ich sie erleben durfte.

Zu den ersten einschneidenden Erlebnissen in meinem Leben gehörte die geheimnisvolle, weil auch verbotene Suche nach Steinbeilen und Pfeilspitzen aus der Jungsteinzeit in einer Bucht am Bodensee, an dem ich aufwachsen durfte. Es war spannend, wenn ich irgend so ein altes Teil, das vor 5000 Jahren bearbeitet worden war, gefunden hatte. Die Nähe zur Natur, wie wir sie - gemeinsam mit meinem jüngeren Bruder - mit Gummistiefeln im

Lehm stehend bei Niedrigwasser damals so inniglich empfunden haben, hat mich nachhaltig geprägt. Die Vorstellung, dass mit den gefundenen Werkzeugen vor so langer Zeit gejagt wurde oder sich bereits in Menschenhand befunden hatte, war eine überwältigende Vorstellung, die uns zutiefst beeindruckte.

Als ich 12 oder 13 war, durfte ich in den Schulferien auf einen großen Hof einer Adelsfamilie zum „Mithelfen" in die Eifel. Der Freiherr hatte mit seiner Frau 7 Kinder, von denen Franziska die Älteste mit 17 Jahren war.

Ich verliebte mich so unsterblich in sie, dass ich die zwei Wochen, die ich dort war, litt wie ein geschlagener Hund. Es war die erste Erfahrung dieser Art und ich brannte innerlich lichterloh. Nicht der Anflug einer Annäherung - selbst nicht einmal der absichtslosesten Art - gelang und meine erste Liebe war lange Zeit mein größtes Geheimnis.

An einem dieser Ferientage, der für mich unvergesslich werden sollte, durfte ich mit einem der kleineren Traktoren fahren. Irgendeiner der Mitarbeiter setzte mich auf einen „Massey Fergusson" und sagte mir: „links Kupplung, rechts Bremse".

Mein Versuch endete nach wenigen Metern vor einem unüberwindbaren Hindernis, das so widerstandsfähig war, das die Spurstange des Traktors brach.

Alle Maschinen mussten jedoch am Tag drauf einsatzfähig sein, da der Hof für den Staat Korn zu Schnaps brannte und ein nicht zu durchbrechender Arbeitskreislauf erhalten werden musste.

Baron und Baronin waren bereits in Frack und kleinem Schwarzen, da die Gesellschaft zur Oper rief.

Ungerührt wegen meines schlimmen Versagens - ich versank förmlich im Boden ob meiner Schuld - ging der Baron in voller Opernmontur in die Werkstatt, um das Schweißgerät zu holen. Freifrau stand geschminkt und geduldig daneben und sagte kein Wort.

In kurzer Zeit war der Schaden thermisch und fachmännisch adelig behoben und das Fahrzeug wieder einsatzbereit.

Der Adel kam rechtzeitig zur Oper und ich konnte in gewisser Weise wieder aufatmen.

Mein Sturz in die große Tiefe der Schuld durch meine Unfähigkeit wurde durch die selbständige unabhängige Könner-Tatkraft dieses fähigen Mannes so schnell und unkompliziert aufgehalten, dass ich quasi in meinem Freien Fall des Versagthabens aufgefangen wurde.

Größte Achtung und Respekt vor diesem Verhalten erfüllten und prägten mich mein Leben lang.

So wollte ich auch einmal sein, unabhängig und voller Können und Kraft, um alles selbst hinzubekommen, ohne andere fragen zu müssen. Der Baron war für mich das Sinnbild von Unabhängigkeit und Freiheit schlechthin geworden.

Nach meinen geschilderten Tramp-Erlebnissen mit meinem Freund nach Paris wagte ich einen Solotrip per hitch-hiking in die Provence. Da nahm mich ein junger Mann mit, der vielleicht so um die Dreißig war und sich bereits voll im Berufsleben und auf einer Karriereleiter befand, die er nicht mehr verlassen konnte - oder wollte.

Auch wenn er nicht so viel älter war als ich, spürte ich seine Gefangenheit schon in seinen jungen Jahren.

Er hatte sich diesem Weg der Berufs-Karriere verschrieben und es gab kein Zurück mehr. Ich weiß nicht mehr, was er machte, aber die Industrie hatte ihn gekauft.

Er war verplant, sein Leben war in gewisser Weise voraus bestimmt und er war auch deswegen irgendwie schon jetzt verloren.

So sah ich es jedenfalls damals.

Und als er mir riet, meine jugendliche Freiheit zu genießen und jetzt noch zu reisen und viele Dinge zu unternehmen, zu denen ich dann später eben - so wie er - keine Zeit mehr hätte, bestätigte er mir quasi meine Annahme direkt.

Und ich dachte: ‚Nein, so wie der, mache ich es nicht‘.

Und dann zu Studizeiten, wo man sich allabendlich in der Kneipe traf, diskutierte und vielleicht auch träumte - damals von „handmade houses" und so und immer wieder darüber palaverte, was man denn alles so machen könnte, ohne dass je irgendetwas entstand, erinnerte ich mich an meine frühen Erlebnisse immer mehr.

Und so löste ich mich vom ewigen theoretischen Gequatsche und kaufte mit gerade mal 27 Jahren in einem mir völlig fremden Städtchen mein erstes Haus und renovierte es.

44 - Schluss

Warum konfrontiert man sich mit so schwierigen Dingen wie „Wiederaufbau" - und das nicht zu Kriegszeiten?

Ist es der Kampf zwischen Eros und Thanatos, den beiden Gegensätzen, innerhalb derer sich nach Professor Freud für manche das Leben abspielt - wenn man das mal so einfach zusammenfasst?

Dieser Kampf, der einen nie zur Ruhe kommen lässt, schon gar nicht, wenn man mit so Vielem nicht zufrieden ist und aber auch so viele Chancen und Möglichkeiten sieht und hat?

Der immer präsente „Liebestrieb", den man immer unterstützen und so stärken muss, dass man den ebenfalls immer vorhandenen „Todestrieb" überwinden kann.

Diese Polarität, in der sich das menschliche Leben abspielt, ist das Grundgesetz des Lebens, zumindest für die Personen, bei denen diese Pole besonders ausgeprägt sind und extrem verspürt werden.

So ist es nicht nur ein Vergnügen, das „Himmelhochjauchzende" zu erleben, weil das „Zutiefst zu Tode betrübt" genauso vertreten ist und gnadenlos an einem zerrt.

Das früher so genannte „Manisch-Depressive"
heißt heute nun auch besser „Bipolare Störung".

Würde man diese Zusammenhänge schon in der
Jugend kennen, würde man sich viele der besonders
unangenehmen Gemütszustände besser erklären
können - das Leben könnte einem leichter fallen.

Auf der Suche nach einem Grund für die enormen physischen und psychischen Herausforderungen mit der Bauerei und der Überwindung ruinöser
Zustände kam mir immer wieder der Gedanke, dass
es wohl daran gelegen haben könnte, - im übertra-
genen Sinn - den Todesgott „Thanatos" zu bekämp-
fen.

Nicht nur die Sehnsucht nach Freiheit und freier
Gestaltung können Triebfeder gewesen sein, sondern auch das Nichtwahrhabenwollen der chaotischen Zustände.

Das „Aufräumen Wollen", das „Etwas daraus
machen" sind Stichworte in diesem Zusammenhang.

Vielleicht sind es aber auch Ergebnisse einer ganz
bestimmten erzieherischen Maßnahme.

Und das bedeutete, wirklich mehr zu sein, als nur
zu scheinen.

Notwendig sind aber die Begabung und der Mut, etwas unmöglich Scheinendes wirklich möglich zu machen und sich mit Themen auseinanderzusetzen, die ein hohes Maß an Initiative und Kraft erfordern.

Das kann nicht jedem gelingen und muss es auch nicht.

Für mich war meine „Aussteigerzeit" ein Weg, ein großer Abschnitt in meinem Leben, der es mir ermöglicht hat, meine Fähigkeiten anzuwenden und mir geholfen hat, sehr viel zu lernen.

Die Auseinandersetzung mit so vielen ungewöhnlichen und neuen Dingen erweiterte den Horizont auf große Bereiche, mit denen man normalerweise nicht konfrontiert wird.

Die extreme Autarkie forderte denn auch die Bereitschaft zu immer wieder neuem Lernen und ohne die Fähigkeit zur Autodidaktik wäre man schon früh gescheitert.

Architekt und Planer, Bauunternehmer, Zimmermann und Maurer, Schreiner und Schweißer, Banker und Börsianer, Landmann und Bauer, Winzer, Hundeführer und Hühnerflüsterer, Koch, Kunstmaler, Bildhauer und Kunstdrucker, Krankenpfleger, Oldtimerrestaurator und vieles andere mehr sind Beweis für den kreativen Geist und das Können, wenn nur das Wollen geht.

In meinem Leben spielt das alte Sprichwort „Jeder ist seines Glückes Schmied" eine bedeutende Rolle.

Der Zusammenhang zwischen der Investition und dem Ergebnis wurden spürbar und zum verständlichen Prinzip, wenn nicht gar Gesetz - wenn einem denn so viele Kräfte vergönnt sind.

Nach den schweren Jugendjahren mit lang anhaltenden Depressionen und einer gewaltigen Lebensmühe, waren für mich meine ersten „Gehversuche" in dieser Richtung entscheidende Erfahrungen.

Wenn es eigentlich immer sehr schwer war und mit enormen Anstrengungen verbunden, haben mich die Resultate stark gemacht. Auch wenn es oft unverhältnismäßig war, das Ergebnis zählte und brachte mich weiter.

An anderer Stelle hätte es sicher viele Gelegenheiten gegeben, Karriere zu machen oder sonst irgendwie „ganz hoch" zu kommen.

Nachgewiesenermaßen hätten die Gene ausgereicht. Die Umstände, unter denen dies hätte passieren müssen, waren für mich nicht interessant und attraktiv genug.

Allerdings muss ich auch zugeben, dass ich damals sicher zu wenige Möglichkeiten hinsichtlich Beruf oder sonstigen interessanten Tätigkeiten gekannt habe.

Wahrscheinlich habe ich mich auch einfach zu wenig darum gekümmert.

Lieber in Freiheit schaffen und „leiden", als einem Konzern oder einer Firma die Lebensenergie zu schenken, war die Devise.

Die beruflichen Ereignisse in fremden Büros und auch im eigenen haben ausgereicht, um mich in meinem Individualgang zu unterstützen und mich in meinen Vorhaben zu bestärken.

Auch wenn schlussendlich die wirtschaftliche Situation mit den verschiedenen Verkäufen viel besser hätte aussehen können, ist das eigentlich nicht mehr so wichtig.

Es entstanden immer kleine und größere „Werke", auf die man stolz sein kann. Es geschah sehr viel, es wurde gestaltet und gebaut, diese Zeit war immer konstruktiv und ging immer positiv weiter.

Der Grad der Selbstverwirklichung war nicht zu toppen.

Das Wichtigste ist - für mich zumindest - dass es immer weiter geht.

Dass man das Leben begreift als die einzige Chance, die man hat, sich zu entwickeln, zu lernen und tätig zu sein.

Wer den Stillstand lebt, ist heute schon tot.

Ohne mein Studium und meine damit mögliche berufliche „Freiheit" als Selbständiger jedoch hätte ich mir diese Unternehmungen nicht erlauben können. Nur dadurch wurde es mir auf meinem Pfad zur Selbstverwirklichung möglich, freier zu sein.

Deswegen möchte ich mich hier an dieser Stelle herzlichst bei meinem Vater bedanken, der mir durch seine Unterstützung mit das Studium ermöglichte.

Und dann noch ein großes Danke an den lieben Gott oder an wen auch immer, dass mir so viel Kraft geschenkt wurde.

Konstanz - Santa Ponsa - Owingen - Mai 2019

Ulrich Jäckle

FSC
www.fsc.org
MIX
Papier | Fördert
gute Waldnutzung
FSC® C083411

Zeitfracht Medien GmbH
Ferdinand-Jühlke-Straße 7
99095 Erfurt, Deutschland
produktsicherheit@kolibri360.de